MIX
Papier aus verantwortungsvollen Quellen
Paper from responsible sources
FSC® C105338

Gundel Seidler

Die Tür zum Hof

Erzählungen

Auf dem Umschlag abgebildet ist die Reproduktion eines Bildes von
Nicolai Makarov

Herstellung und Verlag:
BoD - Books on Demand, Norderstedt

ISBN 978-3-7412-2071-5

Inhalt

Willkommen und Abschied

Willkommen und Abschied 7
Blumenfest 15
Zu wenig und zu viel 21
Krankenbesuch 25
Schlüsselerlebnis 29
Die Maßnahme 35

Prüfungen

Prüfungen 43
Der Junge 47
Kindermund 49
Mutter, Vater, Kinder 53
Zeit mit dem Dichter 55
Ein Sohn 61

Die Tür zum Hof

Die Tür zum Hof 67
Ilsebill 71
Der Mai ist gekommen! 75
Heiße Himbeeren 81
Grossmutter 85
    Das Geschenk 85
    Wolfgang 87
    Sturz 89
    Kater Munzel 90
Die Märchenfrau – Versuch eines späten Portraits 95

Willkommen und Abschied

Willkommen und Abschied

Ich merkte gar nicht, wie sehr ich auf die Beiden wartete, sobald mittwochs die ersten Singelustigen eintrafen.

Wenn es losging, saßen sie auf ihren gewohnten Plätzen. Sie steuerten immer gleich den großen Clubraum an und kamen nicht, wie die meisten Besucher, zuerst in unser Büro.

Irgendwann ganz am Anfang hatte ich beim Singen einmal in ihrer Nähe gesessen.

ER fiel trotz seiner Kleinheit auf, einmal sowieso, weil wenige Männer regelmäßig zum Singen kamen, dann aber auch durch seine ausgesprochen freundlich charmanten Umgangsformen, speziell den Damen gegenüber. Er verteilte Handküsse, sogar Küsschen auf die Wange, duzte die meisten – und wirkte dabei dennoch nicht distanzlos oder aufdringlich.

Eine kleine Verbeugung, ein Stuhlrücken für einen hinzugekommenen Gast, ein Scherz.

Sein locker, beschwingt freundliches Verhalten stand etwas im Widerspruch zu seiner körperlichen Beschaffenheit, denn jede Bewegung schien ihm Mühe zu bereiten.

Auch der Umgang mit seinem Hörapparat war wohl nicht ohne Probleme, denn dauernd musste er sich daran zu schaffen machen, um beispielsweise ein plötzlich eingesetztes lautes Fiep-Geräusch weg zu bekommen. Dann entschuldigte er sich, auch das tat er charmant, würdevoll und irgendwie schelmisch.

SIE kam in seiner Begleitung, dachte man anfangs, weil sie so klein, still und unauffällig in jeder Beziehung war.

Später wusste ich, sie war es, die es ihm ermöglichte, zur Veranstaltung zu kommen.

Unauffällig stützte sie ihn beim Gehen, half ihm aus und in den Mantel, steckte ihm verstohlen ein Taschentuch zu, wenn es nötig war, und pflegte ihn auch in seinen langen, schweren Krankheitszeiten. Letzteres erfuhr ich allerdings erst viel später.

DIE BEIDEN waren seit etlichen Jahren ein Paar, ein richtig schönes, altes Liebespaar, sagen wir jetzt.

Sie hatten keine gemeinsamen Kinder, aber wohl insgesamt fünf aus ihren Ehen.

Von den Kindern sprachen sie mit Liebe und Stolz, er auch von ihren und sie auch von seinen.

Ihr Mann war, glaube ich, im Krieg geblieben und seine Frau war vor vielen Jahren gestorben.

Eine gemeinsame Wohnung hatten sie nicht, aber zeitweilig lebte sie tagelang bei ihm. Ihre Wohnung in Randberlin konnte sie wohl nicht aufgeben.

Sie war knapp achtzig, er kurz darüber.

Als ich zum ersten Mal in der Nähe der beiden saß – und das Singen losging –, hörte ich eine wunderschöne, helle Gesangsstimme. Es dauerte eine Weile, bis ich rausfand, dass SIE es war, die so schön sang. Dabei saß sie ganz locker und klein hinten im Sessel – und war kaum zu sehen.

Das Textheft schien sie nicht zu brauchen, denn sie schaute gar nicht rein.

Als ich später endlich mal dazu kam zu fragen, wann und wo sie die vielen Lieder so schön singen gelernt hatte, lächelte sie nur und sagte: „Na, zu Hause wurde viel gesungen."

ER aber fügte stolz hinzu: „Ja, mein Lieb' singt wie die Lerche, es ist die Seele, die aus ihr singt."

ER sang nicht oft mit, auch wegen des störenden Hörgeräts, aber dafür schrieb er viel dabei – in winziger, akkurater Schönschrift die Texte, welche er noch nicht „katalogisiert" und zu Hause griffbereit hatte. Er zeigte mir auch seine Mitschriften und erklärte, wie er sie zu Hause einordnet.

Dass er früher Buchhalter war, sogar viele Jahre Hauptbuchhalter in einem großen Betrieb, sagte SIE voller Stolz. Und er fügte schmunzelnd hinzu: „Sieh mal, Mädchen (zu mir gewandt), das Schreiben der Texte hält den Geist klar – und das Herz frei."

Einmal hatte er ein ziemlich großes Paket unter dem Arm, als sie an einem Mittwoch ausnahmsweise zuerst zu mir ins Büro kamen. Sie stützte ihn und schob ihn quasi durch die Tür.

Das Paket erwies sich als sorgfältig eingepacktes großes, dickes Liederbuch, gedruckt 1889.

Ein wahrer Schatz in Jugendstil! Ich durfte das Buch eine Weile dabehalten, um Lieder, die wir noch nicht gesungen hatten, daraus zu kopieren.

Ich war mir die Zeit über, da ich es hatte, der Ehre bewusst und hatte eine Heidenangst, dass mir irgendwelche Knicke oder Flecken passieren würden.

Wir hatten es zu dritt ausgepackt, manche Seiten waren sauber nachgeklebt, verblichene Textstellen mit Feder nachgeschrieben. Er hatte einige Seiten aufgeschlagen, zart drüber gestrichen und eine persönliche Geschichte dazu erzählt.

Z.B. beim „Marienwürmchen, setze dich auf meine Hand ..." sah er sie schmunzelnd an und sagte mir: „Mein Röschen hat das schon im Lyzeum gesungen, lange bevor ich sie kennen lernte ..."

Das „Röschen" stand seitlich hinter ihm, lächelte ... und sah so richtig schön aus.

Dass ich nicht gleich gesehen hatte, was für strahlend blaue Augen sie hatte – und der geschwungene Mund ...!

Wenn ich jetzt drüber nachdenke, dauerte diese Szene gar nicht lange – es war ja auch nie viel Zeit für Gespräche – aber sie ist mir für immer im Gedächtnis.

Die Beiden gehörten zum wöchentlichen Singenachmittag wie viele andere auch, aber sie schienen dann besonders präsent zu sein, wenn sie mal fehlten. „Was wird los sein? ... Ist er wieder krank? Wird sie alles schaffen?" fragte man dann.

Einmal waren bestimmt zwei Monate vergangen, bis sie endlich wieder auftauchten. Wir hatten vergeblich anzurufen versucht und, wie sich rausstellte, war sie da gerade einkaufen. Er hört das Telefon eben nicht, wenn er das Gerät nicht im Ohr hat. Ja, er sei sehr krank gewesen und, sie habe kaum alles geschafft. Die Berliner Kinder hätten auch geholfen, aber die sollten das doch gar nicht so mitkriegen, weil sie beide noch lange alles alleine tun wollten.

Dieses herzliche, sogar begeisterte Willkommen nach der langen Zeit hatten sie beide nicht erwartet – und es tat ihnen so richtig gut.

Unser Liebespaar war also wieder da, wie gut!

Etwa ein Vierteljahr später fehlten sie wieder, am nächsten Mittwoch kam ER alleine und erzählte, dass sie im Krankenhaus liege.

Er sah schlecht aus, und von seiner bekannten charmanten Art war nichts zu bemerken.

Ohne sie konnte er nicht so sein, wie wir ihn kannten! Und überhaupt fehlte sie an allen Ecken: Sein Jackett war verknöpft, der Hemdkragen verrutscht, beim Mantelablegen bat er um Hilfe. Viele Hände und Arme waren für ihn da – und zeigten doch erst recht, dass sie sie nicht ersetzen konnten.

Wenige Tage später hörten wir, dass er nun ebenfalls im Krankenhaus liege – im selben wie sie.

Gerne ließ ich mich beauftragen, beide dort aufzusuchen.

Mit gelben Rosen für ihn, rosa Rosen für sie und vielen aufgeschriebenen Genesungswünschen fuhr ich hin.

Zu ihm ging ich zuerst. Er schien sich tatsächlich sehr über den Besuch zu freuen und war auch fast der Alte, was Freundlichkeit und Charme angingen. Seinen Zimmergenossen, die kaum reagierten, stellte er mich formvollendet vor.

Er berichtete: Sein Röschen liege noch immer im Schlaf, täglich lasse er sich vom Pfleger zu ihr auf die Intensivstation fahren.

Dort könne er alleine mit ihr reden, aber sie rege sich nicht.

Er wisse nicht, ob sie alles mitbekomme – oder vielleicht gar nichts.

Aber er streichele sie, bedanke sich für ihre Liebe, sogar gesungen habe er für sie.

Aber das musste er schnell bleiben lassen, weil ihm dabei so traurig zumute wurde.

Sie liege so stumm da.

Aber das Gedicht „Willkommen und Abschied", das beide so gerne haben, habe er ihr gesagt. Ihm war, als hätte sie da ganz wenig gelächelt.

Es schlug mein Herz geschwind zu Pferde,
es war getan, fast eh gedacht.
Der Abend wiegte schon die Erde ...

Er freute sich, dass ich das Gedicht auch kannte – wir sagten es gemeinsam auf, d.h. ohne ihn wäre ich nicht über die erste Zeile gekommen.

Auf dem Nachttisch lagen viele Notizen. Er schreibt vieles auf – einfach so aus der Zeitung, aber auch Namen und Adressen von

Zimmergenossen und Schwestern. „Damit ich nicht verrückt werde ..." Meine Adresse und Telefonnummer gebe ich ihm gerne, weil ich hoffe, er ruft bald an, um zu sagen, dass beide gesund sind und bald wieder zum Singen kommen ...

Und doch weiß ich es in Wahrheit besser: Er wird nicht anrufen, ich werde sie nicht wieder sehen, beide nicht, geht mir die ganze Zeit durch den Kopf.

Aber heute ist er so gut drauf, sogar Witze liest er mir vor, die er aus der Zeitung abgeschrieben hat – und er freut sich über die Röschen, die er morgen alle, auch die gelben, seinem Röschen mitnehmen wird. Er will sie ihr solange unter die Nase halten, bis sie niesen muss.

Ich bin froh, dass er fröhlich ist – und doch auch so traurig, als ich mich verabschiede.

Zu ihr gehe ich auch noch – nur kurz.

Sie sieht nicht krank aus. Sie schläft ruhig und scheint sich auszuruhen.

Ich wünsche sehr, es möge ihm gelingen, sie wach zu küssen ...

Eine Woche später rufe ich im Krankenhaus an:

Sie ist nicht noch einmal aufgewacht.

Er wurde bei der Entlassung von seinen Söhnen abgeholt und soll jetzt bei ihnen wohnen.

Viele vom Singekreis fragten nach Datum und Ort ihrer Beerdigung.

Wir versuchten vergeblich, seine Söhne zu erreichen.

Lebt er noch? Geht es ihm gut?

Unser schönes altes Liebespaar gibt es nicht mehr.

Blumenfest

Bei d e m Blumenfest sollten wir also auch einen Stand haben.

Den Rummel kannte ich seit Jahren, nur hatte ich ihn in letzter Zeit ziemlich aus den Augen verloren.

Zu DDR-Zeiten fand dieses Blumenfest fast vor unserer Haustür statt und war aus zwei Gründen wichtig:

Erstens gab es an dem letzten Wochenende im August zum Blumenfest immer Obst, das man sonst nicht bekam – sogar manchmal Pfirsiche oder Bananen – und zweitens drängten die Kinder hin, vor allem, als sie größer waren und mit ihren Kumpels alleine hin wollten. An einem Abend war Feuerwerk – und ich hatte dauernd Angst, den Kindern könnte was passieren.

Viele Blumen gab es eigentlich noch nie beim Blumenfest – aber man konnte Blattpflanzen gewinnen, in den letzten DDR-Jahren sogar Zimmerpalmen oder so was Ähnliches.

1990, nach der Wende, war ich mal kurz mit meinem Mann dort, wahrscheinlich hatte ich gedacht, jetzt quillt der Platz von Blumen über – aber weit gefehlt, nur der Rummel war größer geworden.

Ziemlich schnell verschwanden wir wieder.

Nun hatten wir also vom „Treffpunkt für Ältere" einen Stand in der „Info-Straße".

Ich sollte am ersten Nachmittag Dienst tun, zusammen mit einer Kollegin, die ich kaum kannte. Allerdings war ihre laute „Berliner Schnauze" nie zu überhören. Und außerdem hatte mich schon ihre imposante Gestalt mit dem mächtigen Busen beeindruckt. Als ein Besucher mal sagte: „Die hat ihren Busen doch auch nur, um ihn den Männern um die Ohren zu schlagen", fand ich das irgendwie passend.

Na ja, was ich sagen will, ist, dass ich nicht gerade begeistert war, mit ihr zusammen Blumenfestdienst zu haben.

Aber wir verstanden uns dann besser als gedacht. Unsere Rollen waren ziemlich klar verteilt:

Sie bot den selbstgebackenen Käsekuchen mit Erfolg an, ich erzählte den Kuchenessern von unserem Projekt und was wir den Leuten im Treffpunkt so alles bieten, wenn sie zu uns kommen.

Programme teilte ich aus, lobte unsere Dienstleistungs- und Beratungsangebote – wir hatten genug zu tun. Da bei uns der Kaffee einen Groschen billiger war als der am Nachbarstand, hatten wir auch guten Umsatz.

In unserer Nachbarschaft standen die Buden der Freikirche, von einem Frauentreff, der PDS, der Volkssolidarität, den Republikanern und der Polizei-Information.

Und auch ganz nahebei waren Schieß- und Losbuden und Verkaufsstände. Was es da nicht alles gab: Flaschenöffner, Bücher, Büstenhalter, Autoersatzteile, Putzmittel ... Nur Blumen konnte man nicht kaufen.

Vor dem Stand der freikirchlichen Gemeinde war noch mehr Andrang als bei uns, allerdings bekam dort jeder zusammen mit dem Gemeindeprogramm eine kleine Rose geschenkt. Eine gute Idee, die auf dem Fest auch einmalig war. Immer, wenn jemand später mit einer Blume vorbeikam, wusste ich, dass der auch freikirchliche Informationen bekommen hatte.

Wir hatten, wie gesagt, genug zu tun und kaum Zeit, uns über den Mangel an Blumen zum Blumenfest auszutauschen, aber an einige Bemerkungen meiner Kollegin erinnere ich mich noch: „Na siehste, Männeken, haste ooch so'n mickrijet Blümsken abjegriffen. Wenn's nich schon so mit'n Kopp hängen würde, könnt's de's glatt weiter vakoofen."

Oder: „Jetz, wo wa Westen sin, is allet zu ham – und weil de allet ham kannst, vergisst de glatt de Blumen zum Blumenfest ..."

Das Wetter an dem Sonnabend war fast wie im April. Sonne, Wind, plötzlich dicke Wolken, und dann regnete es wie verrückt. Das Wasser sammelte sich in den Stoffdächern. Ein geschäftiger Ordnungsmann kam mit einem langen Besenstiel, hob damit die Plane an und ließ es im rohrdicken Strahl rechts und links von uns runterschütten. Das brachte Stimmung, wenn auch nicht dort, wo er es gerade tat. Unsere ältesten Standbesucher, denen wir sämtliche Sitzgelegenheiten halbwegs ins Trockene gezogen hatten, wurden vollgespritzt oder sogar begossen. Der Ordnungshüter schien gar nicht gemerkt zu haben, was für ein Chaos er hinterließ, denn gewichtig zog er zum nächsten Stand und wiederholte seinen Besenstielauftritt dort.

Ich half fleißig, die Leute abzutrocknen und bekam dabei noch allerhand mit von den umstehenden Passanten. Da wurden Meinungen ausgetauscht, ungefragt Ratschläge gegeben und über Gott und alle Welt hergezogen, natürlich vor allem über's Wetter.

Während so einer Regenzeit waren unsere „Treffpunkt"-Botschaften kaum gefragt, auch nicht Kaffee und Kuchen, aber als fürsorgliche, liebevolle Betreuungskräfte, die unser Projekt ja angeblich auszeichnen „... Wir sind immer für Sie da ...", waren wir voll im Einsatz. Ich putzte und fummelte an durchnässten Ausgehsachen rum, meine Kollegin hatte eine Unmenge kostbarer Zellstofftaschentücher, Klopapier und Plastetüten aus ihrer Handtasche hervorgezaubert.

Wir schimpften, meckerten bisschen mit - und lachten - auch über uns und was wir da so eifrig taten. Erstaunliche Kostümierungen waren rundum zu sehen: Da wurden Plastetüten über die Ohren gestülpt, um frische Dauerwellen zu schonen; eine Deutschlandfahne diente einer eleganten Dame als Regenumhang; ihr weißhaariger Begleiter hatte sich ein schwarzes Tuch umgelegt, das er wer weiß woher hatte. Er sah toll damit aus, irgendwie königlich, fand ich. Meine Kollegin lachte kreischend: „Habt ihr den gesehen, Adel vapflichtet, wa?"

Sobald sich die Sonne wieder blicken ließ, kamen die Blumenfestbesucher unter ihren geschützten Stellen hervor - weiß der Himmel, wo sie die überall gefunden hatten - und strömten bald wie in breiten Demo-Zügen an uns vorbei.

Wenn dann jemand von denen unser Kaffee- und Kuchenangebot mitbekam, aus der Reihe trat, um zu bestellen, folgten ihm augenblicklich wohl an die zwanzig andere. Ob das nun einfach der menschliche Herdentrieb war oder die Erinnerung an Schlangestehen zu DDR-Zeiten wach wurde - jedenfalls waren wir dem zeitweiligem Ansturm kaum gewachsen.

Wir konnten zwar noch viele Käsetortenstücke an die Leute bringen, die den nächsten Guss vielleicht nicht mehr schadlos überstanden hätten - trotzdem litt unser Serviceangebot doch zunehmend an dem, was ja auch ein Markenzeichen unseres Hauses sein sollte: „Freundliche, kulturvolle Bedienung in angenehmer Atmosphäre".

So manche Person bekam die feine Torte in die hohle Faust – und verschwand damit im Getümmel ...

Ein kleiner, etwa 8jähriger Junge kam zum zweiten Mal bei uns vorbei. Er hatte eine Runde um den See gedreht, nachdem er bei uns mit seiner Oma Kuchen gegessen hatte. Ohne sie baute er sich jetzt stolz vor uns auf mit all seinen Errungenschaften:

Die Polizeimütze auf dem Kopf fiel zuerst auf. Von den Reps hatte er eine Papierfahne bekommen, das T-Shirt war geschmückt mit den verschiedensten Stickern: Arbeiterwohlfahrt, Diakonie, PDS, „Ein Herz für Kinder", CDU ... Der rosa Luftballon war von der SPD, der lila von den Grünen. Ein Tuch mit der Mitteilung „Keine Macht den Drogen" hing ihm von den Schultern ...

Kein Blumenkind – aber ein Blumenfestkind!

Kurz nach fünf war der Kaffee alle, Gott sei Dank, langsam konnten wir ans Einpacken denken, und das nächste Problem kam auf uns zu: Das Auto meiner Kollegin stand weit entfernt. Wie sollten wir bloß den ganzen Trödel durch die Menschenmassen bis zum Parkplatz schleppen. Gott sei Dank war mein Mann gekommen, um mich abzuholen. Er musste helfen! Ob er der Festleitung seine Visitenkarte eindrucksvoll unter die Nase gehalten oder was von „Arzt im Dienst" gemurmelt hat, weiß ich nicht – Jedenfalls brachte e r d a s Papier, wonach wir beiden vergeblich gelaufen waren: das uns erlaubte, zum Beladen das Festgelände zu befahren.

Das war nun also meine Kollegin im Begriff zu tun – und zwar mit ihrem Auto. Das wertvolle Erlaubnispapier klemmte hinter der Frontscheibe, und ein Amtmann dirigierte sie samt Auto weiter nach links – weg vom Rasen.

Was beide nicht bemerkten: Ein Lieferwagen sah die Einweisung als seine Chance und fuhr hinterdrein.

Er aber war dicker als der Renault, und was der eine mühelos schaffte, nämlich vorbeizukommen, schaffte der andere eben nicht – eine winzige Idee zu weit nach links, unser Stand wurde von ihm getroffen.

Ich stand hinter der Theke und musste zusehen, wie alles ins Wanken kam, ins Rutschen ... Die Seitenstreben unseres Standes beugten sich nach rechts, trafen die nächste Bude, in der ein Frauenverein Selbstgebasteltes angeboten hatte, auch die senkte sich. Ich versuchte, das Gestänge zu halten, fühlte einen mächtigen Schlag gegen das Schienenbein, als ich das wegzog und mich in die Höhe streckte, stieß die Latte gegen meine Schläfe, was auch wehtat. Dabei bemerkte ich in einer Art Zeitlupe, wie ich in den Mittelpunkt des Geschehens geriet.

Etliche schauten zu, was da so stürzte.

Ich muss mich während des ganzen Geschehens auch noch bemüht haben, die Situation irgendwie halbwegs würdevoll zu meistern. Aber ulkig ausgesehen hat das, was am Gelächter zu merken war, als glücklich alles am Boden lag – ich Gott sei Dank nicht.

Leise, wütend zischte ich meinem auch zuschauenden Mann zu, dass ich mir gemein wehgetan hätte, worauf der mit gesenktem Kopf, sich immer noch das Lachen verbeißend, zu mir kam.

Ich schaute mich um – und sah eine einzige Geröllhalde.

Da, wo vor Momenten noch ein mühselig feingemachter Stand unserer Begegnungsstätte war, mit weißen, gebügelten Tischdecken, dazu passend gemusterten Servietten, hübsch gestalteten Fotos u.ä.m., war nur noch ein Haufen Mist zu sehen:

Tortenschachteln mit verspritzten Tortenresten, umgestürzte Kisten mit Kuchengabeln, Plastegeschirr, Abwaschmittel, Thermoskannen, Hammer, Zange, Strick, Klammern, das große, handgefertigte Schild vom Treffpunkt steckte als Keil im Erdreich.

Der „Frauenstand" war nicht ganz zusammengestürzt, sah aber nicht weniger trostlos aus. Viele bemalte Töpfe, Krüglein und Kannen zerteppert – und die Gläser mit dem selbst gemachten Honig am Boden – ein Jammer!

Jetzt fing i c h zu lachen an – und konnte gar nicht mehr aufhören

Und um mich herum schien auch alles zu lachen – ...

„Ein Haufen Mist, das ganze Blumenfest", sagte jemand – oder dachte ich es nur? Und auch das war wieder ein Grund, mit dem Lachen nicht aufzuhören.

Meine Kollegin hatte allerdings zum Lachen noch keine Zeit, sie musste mit dem Ordnungshüter diskutieren, ihm klarmachen, dass nicht sie der A ... ist, sondern „wenn jemand, dann Du."

„Willst die dämliche Wiese schonen und haust alles in Klump! ... Kannste mir ma sagen, wer jetzt hier mit aufräumt? Wenn mir nicht völlig fremde Leute (dabei zeigt sie auf mich und meinen Mann) helfen würden, sähe ich ganz schön alt aus."

Der so attackierte Wächter notierte mit rotem Kopf und wollte bei der „Festleitung" alles klären.

Irgendwie schafften wir es dann doch noch, halbwegs Ordnung in das entstandene Chaos zu bringen und die brauchbaren Utensilien einzupacken.

Alles, was nicht ins Auto passte, wurde auf einem kleinen Leiterwagen aufgetürmt: Mülleimer und Tortenschachteln, das Schild, die Kassette – mein Mann und ich spannten uns davor und zogen in Richtung Treffpunkt, vorbei an der Losbude, vorbei am Stand mit den im Wind wedelnden Büstenhaltern in allen Größen – Und das war dann die Lachnummer für meine Kollegin. „Ick werd nich wieder, das sieht ja zum Heulen aus ... So 'ne Fuhre haste noch nich' gesehen! ..." schrie sie lachend hinter uns her.

Ich machte mich an der Wagendeichsel so klein wie möglich – meine Güte, war mir das peinlich! Meinem Mann übrigens nicht, der war nur einfach ärgerlich.

Jedenfalls sahen wir zu, dass wir schleunigst davonkamen.

Ja, so ungefähr war das.

Zu wenig und zu viel

Gemütliche Kaffeerunde steht auf dem Plan der „Begegnungsstätte für ältere Bürger".

Frau Ebert und Frau Kittel winken der Sozialberaterin Müller zu.

Diese setzt sich gerne mit an den Tisch, wo Frau Ebert und Frau Kittel schon sitzen. Die beiden imponieren ihr schon lange. Sie sind weit über achtzig und noch so gut drauf.

Frau Annemarie Kittel will sich heute allerdings wieder mal ausklagen über ihr Los als Schwerhörige.

Mit großen, blassblauen Augen sieht sie die Sozialberaterin an und sagt ihr, sie möchte doch bitte nicht wieder so leise sprechen. Es sei fürchterlich, wenn sie immer nicht hören könne, was so erzählt wird. Niemand könne verstehen, wie sehr sie darunter leidet, und außerdem habe sich Frau Müller wieder genau auf die Seite gesetzt, wo das schlechtere Ohr ist.

Die Sozialberaterin wechselt sofort den Platz.

Manchmal würden die Leute dann denken, dass sie nichts hören will, sagt Frau Kittel.

Und dabei wäre das ja gar nicht so.

Sie weiß ja selbst nur zu gut, wie wichtig für sie der Kontakt zu den Mitmenschen ist.

Ihre Kinder sagten ihr auch immer wieder, dass sie unter Leute gehen soll.

Und sogar ihr Neurologe ermahnt sie, bei ihrer Krankheit viel mitzuhelfen.

„Ich habe doch solche schweren Depressionen gehabt. Der Arzt hat gesagt: ‚Bei der Diagnose kann ich ohne die Mithilfe des Patienten gar nichts tun.'"

„Ja, ja, ich brauche viel Liebe", sagt sie schließlich mit tiefem Seufzen.

Dass Frau Margarete Ebert während der Rede immer unruhiger geworden war, hat Frau Kittel bemerkt. Mit Blick zu ihr setzt sie noch mal zum Reden an: „Manche denken wirklich, dass ich übertreibe, und werden dann ungeduldig oder so schroff wie eben auch manchmal Margarete. Und das ist gar nicht gut für mich. Aber wer das nicht kennt und weiß, wie schrecklich es ist, so schlecht zu hören, kann sich da auch nicht reinversetzen."

„Das Gegenteil kann auch ziemlich blöde sein", sagt jetzt Frau Margarete Ebert.

Die Sozialberaterin Müller will wissen, was sie damit meint.

„Na, ich höre nun wieder viel zu gut, und das kann auch belastend sein. ... Ich höre ja sogar die Flöhe husten", setzt sie hinzu und lacht.

„Da brauchst du gar nicht zu lachen", sagt nun wieder Annemarie Kittel, die denkt, Margarete Ebert mache sich über sie lustig.

Die winkt ab und schreit Frau Kittel zu, es gehe jetzt gar nicht um sie.

Frau Kittel rückt leicht beleidigt etwas ab.

Frau Müller möchte genauer wissen, wie das mit dem zu guten Hören ist.

„Na, hier z.B. setze ich mich schon in die hinterste Ecke vom Clubraum, um nicht alles mit anhören zu müssen, was so an den anderen Tischen erzählt wird. Die Gespräche drehen sich ja doch meistens um Krankheiten, damit soll man mich in Ruhe lassen. Schließlich habe ich selber genug Zipperlein und will nicht dauernd dran erinnert werden. ... Und abends, zu Hause, in meinem Bett, wenn ich nicht schlafen kann und alles mithören muss, was in den Wohnungen um mich rum passiert, könnte ich ausrasten. Ich höre, wann wer aufs Klo geht, worüber sich wer streitet. Und wenn sich welche lieben, höre ich's auch ... Manchmal möchte ich direkt schwerhörig sein."

Das letzte muss Annemarie Kittel verstanden haben. Dazu kann sie nicht schweigen.

„Mein Gott, Margarete, versündige dich nicht! Weißt du überhaupt, was du da sagst?"

Und zur Sozialberaterin: „Sehen Sie, so is' se."

Margarete Ebert, die bisher freundlich ausgesehen hat, guckt jetzt böse. „Du hörst nicht nur schlecht, du hörst auch nicht zu! Und dann soll die Schwerhörigkeit dran schuld sein!"

Inge Müller, die sich jetzt als fähige Sozialberaterin einbringen möchte, versucht zu vermitteln.

Bemüht, besonders gut zu artikulieren und deutlich zu sprechen, sagt sie für beide:

„Vielleicht würde es Ihnen manches Mal schon nützen, wenn Sie hin und wieder versuchen, sich in das Problem der anderen hineinzuversetzen. Die eine hat also zu viel von dem, was die andere zu wenig hat. In anderen Fällen könnte man ja sagen, da gibt die eine eben der anderen etwas ab, aber das geht ja hier nicht", sagt sie und lächelt.

Sie will sich nun endlich der hausgebackenen Käsetorte zuwenden, die an anderen Tischen schon abkassiert wird.

Aber weil Frau Kittel jetzt so grimmig vor ihrem Stück Kuchen sitzt, fragt Frau Müller doch erst noch, ob denn nun alles in Ordnung sei ...

Und dann muss sie noch einmal beteuern, dass sie wirklich viel Verständnis für Frau Kittels Problem mit dem schlechten Hören hat – und dass sie sich auch ganz sicher nicht über sie lustig machen wollte, als sie gerade eben lächelte.

Plötzlich lacht Frau Ebert – laut und böse.

„Sehen Sie, so schafft sie's immer! Alles dreht sich um sie, und ich ... habe wieder viel zu viel gehört und sitze da mit meinen guten Ohren."

Krankenbesuch

„Ihr geht es schon wieder besser, aber aus dem Haus darf sie noch nicht", hatte ihre Enkelin am Telefon gesagt. „Weil sie so ein Dickschädel ist, will sie eben alles erzwingen." Nach dem letzten Besuch in der „Begegnungsstätte für ältere Bürger" sei sie in ihrer Wohnung umgefallen.

Die Sozialberaterin soll Frau Lerch zu Hause besuchen, damit die nicht wieder anstrengende Alleingänge macht.

Ein angenehme Aufgabe, zumal die Beauftragte aus der Begegnungsküche eine Thermoskanne Kaffee und zwei Stück selbst gebackene Käsetorte mitnehmen kann.

Mit Frau Lerch mal gemütlich sitzen und Kaffeetrinken – wer würde das nicht gerne tun.

Nach langem Klingeln und Klopfen öffnet sie.

Die Besucherin erschrickt – Frau Lerch sieht so elend aus.

Aber ihre Stimme ist die bekannte, helle, leicht schnarrende: „Nüscht mehr los mit der Lerchen", sagt sie.

Mit der Hand weist sie ins Wohnzimmer, aber dann doch erst in die Küche.

Sie hat schon ein Kaffeetablett vorbereitet. Ein Porzellanfilter thront in der blau-weißen Kaffeekanne.

Dass Frau Müller fertigen Kaffee mitgebracht hat, scheint Frau Lerch mehr zu irritieren als zu freuen, muss sie doch jetzt erst wieder Kaffeekanne und Filter aufräumen.

Das will sie unbedingt alleine machen.

Sie stellt sich mit der Kanne vor das Küchenbuffet und versucht, auf Zehenspitzen stehend, leicht schwankend, diese ins obere, mittlere Fach zu bugsieren.

„Nüscht macht ma mehr richtich", murmelt sie und stöhnt vor Anstrengung.

Schließlich lässt sie sich doch helfen. Frau Müller schaut sich verstohlen um und überlegt, wie Frau Lerch wohl dieses Schmuckstück aus Porzellan da oben alleine rausbekommen hat, wo es ihr kaum gelingen will, die Kanne an ihren Platz zurückzustellen – und sie ist etliche Zentimeter größer!

Der ungenutzte Filter gehört in eine der Schubladen.

Die Fächer im Schrank sind sehr ordentlich eingeräumt, alles ist fein säuberlich mit Schrankpapier ausgelegt.

Jedes Ding scheint seinen festen Platz zu haben.

Die Besucherin denkt unwillkürlich an das Durcheinander, was dagegen in ihren Küchenschubfächern herrscht.

Hier liegen die Besteckteile wie in Reih und Glied ausgerichtet, in ihrem Besteckkasten herrscht dagegen das reinste Chaos.

„Dafür säßen wir aber bei mir schon am Kaffeetisch", stellt sie fest, als endlich das fertige Tablett in die Stube getragen werden darf.

Aber es dauert noch eine Weile bis zum Kaffeetrinken, denn vorher muss eine passende Vase für die mitgebrachten Blumen gesucht werden.

Frau Müller kniet vor dem Vertiko, angelt nach der Vase. Auch hier unten herrscht peinliche Ordnung, kein Stäubchen – nirgends.

Sie glaubt, nicht richtig zu hören, als Frau Lerch hinter ihr sagt:

„Hier müsste mal wieder saubergemacht werden, aber es hilft einem ja keiner. Die vom Pflegedienst gehen auch immer so huschi, huschi drüberweg, wenn sie sich schon mal für einen bücken."

Frau Müller versucht zu protestieren: „Aber es ist doch alles so pikobello. Da dürften Sie bei mir in keinen Schrank gucken."

Frau Lerch hört ihr nicht zu, zupft an der Tischdecke, rückt die Gedecke zurecht, – und endlich sitzen sie.

Die Sonne scheint ins Zimmer, Teerosen in zartblauer Vase auf dem Tisch, der gute Kaffee dampft in den blauweißen Porzellantassen, sogar die Käsetorte passt farblich zum Ensemble, nur die mitgebrachte schwarze Thermoskanne stört – also stellt Frau Müller die runter, neben ihren Stuhl.

Sie kann jetzt die vielen Grüße und Genesungswünsche ausrichten. Am meisten freut sich Frau Lerch über die Grüße von Herrn König, Frau Müllers Chef. Der hatte die alte Dame mal nach einer Veranstaltung im Privatauto nach Hause gefahren. „Er ist immer zur Stelle, wenn man ihn braucht", sagt sie, „und stets Kavalier."

Dass er das wirklich immer ist, bezweifelt Frau Müller, aber sie widerspricht natürlich nicht.

Ja, ihre Kinder kümmern sich viel um sie – und auch der Enkel, aber in den letzten Wochen würden sie ihr alle viel zu viel reinreden und dass sie nun sogar ihren Schlüssel vor ihr verstecken, sei auch nicht in Ordnung. Vorhin, als sie öffnen wollte, hatte sie erst wieder suchen müssen.

Frau Lerch zeigt Frau Müller etliche blaue Flecke an Armen und Beinen, die von ihren letzten Stürzen herrühren. Auch die grünlich-gelbe Beule auf der Stirn stammt daher.

In der Wohnung ist sie paar Mal einfach umgefallen, einmal hat sie bestimmt eine Stunde im Zimmer gelegen, bis ihr Enkel sie fand.

Nun hat sie den Kindern fest versprechen müssen, nicht alleine aus der Wohnung zu gehen, aber sie muss doch wenigstens mal die Zeitung holen und den Kopf zur Tür rausstecken ...

„Die machen sich eben alle Sorgen und meinen es gut, aber s o ist das doch kein Leben."

Täglich kommt vormittags die Pflegeschwester, am Nachmittag scheinen sich die Verwandten in die Betreuung zu teilen. Alle haben ihren Wohnungsschlüssel, damit sie selber die Tür aufschließen können. „Nur ich hab' keinen, das ist doch abartig!"

Frau Müller überlegt, dass sie wahrscheinlich mit ihrer Mutter in solch einer Situation ähnlich umgehen würde wie Frau Lerchs Kinder. Jedenfalls wäre sie in großer Sorge, wenn ihre Mutter in dieser körperlichen Verfassung alleine in der Gegend rumspazieren würde.

Sie sagt ihr das, aber Frau Lerch scheint sie nicht zu verstehen.

Überhaupt hört sie heute noch viel schlechter als sonst. Oder will sie nur das verstehen, was sie hören will? Die bestellten Grüße waren jedenfalls alle angekommen. Nach mancher Person hatte sie gefragt – und immer gewusst, wer da grüßte.

Frau Lerch klagt wieder über die Schwestern vom Pflegedienst. Die jungen Dinger heutzutage könnten gar nicht mehr richtig saubermachen. So viel wäre in ihrer Wohnung zu tun – und dass sie selbst nicht mehr richtig kann, macht sie ganz rammdösig.

Sie hat sich so in Ärger geredet, dass sie erst zu klagen aufhört, als Frau Müller mit der flachen Hand auf den Tisch schlägt: „Nun hören Sie aber auf, Frau Lerch, wir haben es hier gerade so schön, und Sie schimpfen die ganze Zeit! Wenn das der Chef wüsste, wäre er ganz traurig. Der hat mir nämlich extra dafür freigegeben, dass ich zu Ihnen kommen kann!"

Das stimmte zwar so nicht ganz, war aber eine gute Idee, denn augenblicklich verstummt die Klagelitanei, und ein Lächeln huscht über das ausgezehrte, leidende Gesicht: „Sehen Sie, der weiß eben, was mir gut tut." Und sie lobt ihn wieder über alle Maßen.

Frau Müller spürt so was wie Eifersucht und fragt sich, wie ihr Chef das verdient hat, so in den Himmel gehoben zu werden, aber sie hütet sich, die verbesserte Stimmung zu stören.

Sie schaut Frau Lerch an. Die Sonne scheint von hinten auf die zierliche Person, fast wie durch sie hindurch. Wie gebrechlich sie in der letzten Zeit geworden ist ...

Frau Müller wünscht ihr sehr, dass sie wieder richtig auf die Beine kommt! Es muss schrecklich sein, wenn man so abhängig von anderen Leuten ist. Mögen die es auch gut meinen.

Und der Chef ist eben weit genug weg. Soll sie ihn doch in den Himmel heben, wenn es ihr gut tut!

Frau Lerch erzählt gerade, wie fürsorglich Herr König ihr damals in den Mantel geholfen und wie geduldig er ihren Schlüssel gesucht hatte, als der runtergefallen war.

„Er weiß wenigstens, was sich gehört", sagt sie – ihre Stimme ist plötzlich scharf – „Nicht wie dieser junge Schnösel von Arzt, der nach dem letzten Sturz gekommen war."

Der Arzt hatte sie nach ihrem Alter gefragt. Als er hörte, sie feiere bald ihren 90. Geburtstag, hat er gesagt: „Aber da können Sie doch sehr zufrieden sein, so dieses gesegnete Alter erreicht zu haben."

„So was muss man sich nun sagen lassen!" knurrt sie. „Hätte ja gleich sagen können, ich soll endlich abdanken ..."

„Wie viel Kraft in diesem kleinen Körper noch steckt – und wieviel Energie da rauskommt", denkt Frau Müller

Frau Lerch hat sich im Stuhl aufgerichtet, sitzt kerzengerade und reckt die spitze Nase nach oben. Lippen zusammengepresst, funkelnde hellblaue Augen: „Das muss man sich nun sagen lassen", wiederholt sie. Dann lehnt sie sich zurück, bleibt aber aufrecht sitzen. Der Zorn im Gesicht ist gewichen. Sie schaut ernst, wie nach innen, als ob sie selbst über ihre Worte nachsinnt.

„Das muss sie sich nun sagen lassen", denkt jetzt auch Frau Müller den Satz.

Schlüsselerlebnis

Vom Zimmer aus kann sie das Haus sehen, in dem sie zwei Jahre arbeitete. Es war eine Arbeitsbeschaffungsmaßnahme, die ruhig länger hätte dauern können. Die Zeit ihrer Nachfolgerin müsste auch bald rum sein. Sie soll sich ja gut eingearbeitet haben, wie man erzählte.

„Man wollte mich ja damals gar nicht gehen lassen, aber jetzt wird mich kaum jemand mehr vermissen. Vielleicht denkt die Stammbesatzung des Hauses nur noch an mich, wenn man sich an mein Schlüsselerlebnis erinnert."

Wie oft ich mich das fragte: Wo stecke ich bloß diesen Schlüssel für das Büro hin, wenn ich mal kurz aus dem Zimmer gehe? Ich möchte ihn zur Hand haben, wenn ich ihn brauche und nicht mehr so hektisch werden, wenn er nicht gleich da ist. Was ich d e n gesucht habe!

Der Chef wollte mir schon eine Kette besorgen, an der ich ihn um den Hals tragen könnte. Na, etwa wie damals, als ich Schlüsselkind war und den Wohnungsschlüssel an so einer Art Schlüpfergummi um den Hals trug?!

Wenn ich bei dieser ABM-Stelle meinen Büroschlüssel auch dauernd vermisste – und ihn Gott sei Dank immer wieder fand – das Büro blieb selten unverschlossen, wenn ich es verließ, aber eben immer genau dann, wenn unser Chef mal im Haus war. Da hörte ich ihn rufen: „Frau Müller, das ist Verleitung zum Kameradendiebstahl!"

Es war ja richtig, dass er mich rügte: Geld war schon gestohlen worden ... Und wenn dann im unverschlossenen Zimmer noch meine Handtasche einladend umherlag, konnte ich seinen Ärger schon nachvollziehen.

Eine Zeit lang war es so: Je mehr ich mich um akkurates Schließverhalten bemühte, desto schusseliger wurde ich.

War ich außerhalb des Zimmers und hörte, dass der Chef gekommen war, dachte ich nicht etwa daran, ob meine Arbeit einwandfrei erledigt war oder so etwas in der Art, sondern nur, ob meine Bürotür ordentlich verschlossen war.

Dann ging die Kramerei nach dem Schlüssel auch schon los. Aufsteigende Hitze erleichterte die Angelegenheit nicht!

Nun könnte man denken, dass ich einen strengen Chef hatte, aber das war er gar nicht. Eigentlich ist er eine Seele von Mensch.

Ich kann bis heute nicht richtig verstehen, warum er mich wegen dieses blöden Schlüssels so aus der Fassung bringen konnte.

Vielleicht musste einfach so was kommen, was dann kam!

Es war an einem sehr lauten Dienstag, einen Arbeitstag im Oktober.

Am Nachmittag war der größte Raum für eine Mitgliederversammlung der Volkssolidaritäts-Ortsgruppe reserviert.

Stellen Sie sich diese Veranstaltung bloß nicht als Versammlung aus DDR-Zeiten vor, in der von einem Vortragenden mühsam und zäh irgend welche Tagesordnungspunkte abgearbeitet wurden – wo man als Teilnehmer vielleicht mal zuhörte, meist aber vor sich hin döste.

Diese Nachmittage hier sind immer sehr lebendig und gut besucht. Sie sind bei den Rentnern auch deshalb so beliebt, weil mit dem Kaffee selbstgebackener Kuchen serviert wird. Der steht den Beitragszahlern zu – und dabei lässt es sich gut schwatzen über alles Mögliche. Auch alte Bekanntschaften und gemeinsame Reiseerlebnisse können aufgefrischt – und selbst gebastelte Video-Aufzeichnungen angeschaut werden.

Auf dem schmalen Gang vor dem großen Clubraum werden meist schon die nächsten Reisen abkassiert.

Jedenfalls herrscht an einem solchen Nachmittag mehr als reges Treiben in der Etage, wo sich auch mein Beratungsbüro befand.

Als Sozialberaterin dieses Hauses hatte ich zwar mit der Veranstaltung direkt nichts zu tun, aber wegen des Lärms, der dem in einer Badeanstalt nahe kam, konnte ich weder am Schreibtisch was Sinnvolles arbeiten, geschweige denn einen Besucher beraten. Also schenkte ich Kaffee mit aus, holte fehlende Stühle ran, zeigte den Weg zur Toilette und erklärte nicht nur einmal den Unterschied von „Volkssolidarität" und unserem Haus, der zugegebenermaßen auch schwer zu verstehen ist.

Aber wenn man an einem solchen Nachmittag immer wieder gefragt wurde, warum wir denn keinen Beitrag einkassieren oder weshalb die nächste Reise teurer als die letzte ist, war es schon manchmal nicht so einfach, freundlich und geduldig zu bleiben.

Und wenn dann noch von weitem der Chef zu hören war, der sicher gleich fragen würde, warum denn wieder das Zimmer der Beraterin aufstünde, hatte ich schon Mühe, nicht aus der Haut zu fahren oder es noch gut zu finden, dass unsere „Alten" so putzlebendig und lärmfähig sind.

Ich gebe zu, dass ich mich an solchen Großkampftagen gerne verdrückte – zu einem Hausbesuch – oder wenigstens in die obere Etage, ins kleine Computerzimmer.

Letzteres war mir an dem bewussten Dienstag gelungen.

Die Geräusche von unten drangen nur noch angenehm gedämpft bis zu mir, auch ohne „Sozial-Hilfe" schien dort alles gut vonstatten zu gehen – warum auch nicht.

Für den dringenden Fall hatte ich ja einen Zettel an meiner Bürotür, und die war gut verschlossen. Der Schlüssel lag sichtbar vor mir. Also optimale Arbeitsbedingungen für Arbeiten am Computer. Ich nutzte die Zeit – und merkte gar nicht, wie sie verging.

Im Haus war es still geworden, nachdem Abschiedsrufe, Türenschlagen den Schluss der Veranstaltung angekündigt hatten. Blick auf die Uhr – kurz vor halb sechs, Zeit, zum Feierabend zu rüsten.

Wie ruhig es hier sein konnte. Jetzt war's fast zu ruhig.

Hier oben schien niemand mehr zu sein.

Computer und Drucker aus, Papier weggeräumt, Schlüssel gegriffen, Licht im Zimmer aus ...

Im Flur und Treppenhaus brennt kein Licht? – Man ist eben sparsam mit dem Strom. Aber dass die Etagentür vor dem Büro verschlossen war, kam mir komisch vor. Wie sollte ich denn da ins Zimmer gelangen und meine Sachen holen!

Also schnell zum Hausmeister, der konnte nur beim Duschen sein.

Alles war so still ... und die große Eingangstür ... auch verschlossen!? Kein Hausmeister regte sich ... der Heizungskeller ... zu!

Langsam, ziemlich langsam begriff ich, dass ich eingeschlossen war.

Ich beschloss, diese Tatsache erst mal lustig zu finden:

Da laufe ich nun, mit meinem Büroschlüssel in der Hand, im mir zugänglichen Gefilde umher – und finde tatsächlich keinen Weg, weder zu meiner ordentlich verschlossenen Bürotür, noch nach draußen!

Über den Hof geht's auch nicht, denn da ist ja die hohe Mauer.

Meine Wohnungsschlüssel sind zwar am Bund, aber Tasche und Mantel – im Büro. Und davor ist die abgeschlossene Etagentür, für die ich natürlich keinen Schlüssel habe.

Mir wurde ungemütlich – und ganz schön kalt ... Stockdunkel war es im Treppenhaus nun auch.

Der Hausmeister hatte vor dem Gehen das Licht abgeschaltet, er kennt ja seine Pflichten.

„Nur ruhig überlegen", zwang ich mich – und ging wieder nach oben.

Dort entdeckte ich: Das Arbeitszimmer der Chefin war unverschlossen.

„Gott sei Dank", dachte ich mit Blick auf ihren aufgeräumten Schreibtisch und das Telefon. Daneben lag ein Telefonverzeichnis

Ich freute mich zu früh.

Mit klammen Fingern, mehr wegen des Gefühls, in die Privatsphäre einer Kollegin einzugreifen als wegen der Kälte, suche ich nach einer brauchbaren Nummer.

Irgendeinen Notruf wollte ich lieber nicht anklingeln, der gemeinnützige Verein sollte doch durch mich nicht in Schwierigkeiten geraten.

Einige Namen kannte ich, deren Nummern da standen. Die vom Hausmeister war nicht dabei.

Vergebliche Telefonierversuche – und zwischendurch immer der Blick aus dem Fenster, genau auf mein Wohnhaus, das doch so nahe, aber jetzt so fern war!

Ich rief meinen Anrufbeantworter an – vielleicht kam mein Mann ja heute doch mal eher? Aber das war kaum zu erwarten – und wenn, was sollte der jetzt tun?

Von den beiden Räumen da oben sehen die Fenster zwar zur Straße, aber bis runter ist es zu weit! Wenn ich von da aus nach Hilfe gerufen, und es jemand gehört hätte, wäre bestimmt die Feuerwehr gekommen, was ich nun gar nicht wollte!

Endlich hatte ich Glück am Telefon: Der Chef war zu Hause – und wie er sich gleich kümmerte!
Er war auch die Ruhe in Person.
Sicher war er zuerst aus meinem Gestotter nicht schlau geworden und hatte gedacht, aus meinem wieder mal unverschlossenen Zimmer wäre was gestohlen worden.
„Das musste doch mal so kommen ..."
Dass ich eingeschlossen war, musste ihm dagegen als kleines, leicht zu behebendes Übel erschienen sein.
Wenn er auch keinen Schlüssel vom Haus hatte, so doch die Telefonnummer der Chefin, – und die hatte einen.
Sie war aber leider noch nicht zu Hause, außerdem wohnte sie am weitesten weg, eine knappe Autostunde entfernt.
Die Zeit verging jetzt aber viel schneller, und außerdem war mir auch gleich wohler, weil nun jemand von meinem Unglück wusste. Und das war eben nun gerade mein Chef.
Da saß ich, in eine große Leinentischdecke eingewickelt, vor dem Telefon, empfing ein Gespräch nach dem anderen und erfuhr, was er schon alles unternommen hatte, um mich wieder rauszuschließen.
Sogar der Mann meiner Chefin rief an, wahrscheinlich, um mich aufzumuntern, denn seine liebe Frau war immer noch nicht zu Hause. Ich fand ihn sehr nett, so wie er mir Mut zusprach.
Irgendwie hatte ich kurz den Eindruck, dass alle anderen Männer außer meinem um diese Zeit zu Hause sind und auf ihre Frauen warten.
Ihm, dem Chef, würde schon noch das Richtige einfallen.
Und so war es dann auch – er erreichte den Hausmeister, der mich eingeschlossen hatte – und der befreite mich gegen acht.
Das schlechte Gewissen stand ihm im Gesicht geschrieben. „Aber ich habe doch überall nachgesehen ..."
Dass ich das alles gar nicht mehr so lustig finden könne, sagte ich – und wollte so schnell wie möglich weg.
Auf dem kurzen Nachhauseweg nahm ich mir vor, keinen großen Wind um die Sache zu machen:
Was hätte ich davon, dem Hausmeister eins reinzudrehen ... Und der Chef ist ja auch kein Unmensch .. Muss ja keiner sonst von der Sache wissen ...

Mein Dienst am nächsten Morgen begann um 9, die meisten Kollegen waren schon da.

A l l e wussten, dass sich die Sozialberaterin hatte einschließen lassen!

Eine Weile hörte ich mir das Gelächter und Spotten an, lachte selber mit, aber irgendwann hätte ich vor Wut heulen mögen.

Wenn der vielgeliebte Hausmeister das Ganze nun so geschildert hatte, dass i c h schließlich die Blöde war, hätte ich noch was richtig stellen müssen: Kurz nach fünf wurde ich eingeschlossen, der Hausmeisterdienst ging aber bis sechs!

Der bewusste Hausmeister ist auch schon lange nicht mehr da – er saß ja auch bloß auf einer ABM-Stelle.

Bevor ich, die ehemalige ABM-Sozialberaterin, mein Wohnzimmerfenster schließe, werfe ich noch mal einen langen Blick nach drüben.

Es ist Dienstag, später Nachmittag. Ob die wieder Volkssolidaritäts-Lärm machen?

Wie gerne ich dabei wäre – ich würde Kaffee ausschenken, Stühle rücken, den Weg zur Toilette zeigen, Fragen beantworten.

Von meinem Arbeitszimmer schaue ich zu dem Haus rüber. Die Lichter werden gerade ausgelöscht.

Heute ist Mittwoch – die „Hofmusikanten" haben für den Singekreis gespielt.

Gerne wäre ich jetzt dort!

Sogar einschließen lassen würde ich mich noch mal dafür!

Die Maßnahme

Der Speiseraum des Treffpunktes für die älteren Bürger unseres Stadtbezirkes ist wie ein Restaurant gestaltet. Es stehen frische Blumen auf den Tischen, an den Wänden hängen von Besuchern gemalte Bilder, und irgendwo im Raum finden sich auch immer zur jeweiligen Zeit passende Bastelarbeiten als Dekoration.

Getränke und Speisen werden in der angeschlossenen kleinen Küche von ausgebildeten Küchenkräften zubereitet und im Speiseraum von adrett gekleideten Kellnerinnen serviert. Eine wohltuende, freundliche, lebhafte Atmosphäre herrscht hier meistens.

Es war noch im frühen Herbst. Nach paar Urlaubstagen wollte ich mir den Dienstantritt mit einem gemütlichen Morgenkaffee im Speiseraum versüßen – und geriet in eine Versammlung.

Schon im Hausflur war mir alles irgendwie anders vorgekommen – wieso eigentlich?

Bunte Einladungsplakate zierten wie immer die Seitenwände, Monatsprogramme steckten griffbereit an gewohnter Stelle, und auch die riesige Bodenvase war gefüllt mit einem prächtigen Gartenblumenstrauß.

War es die zu dieser Zeit ungewohnte Stille?

Mit Schwung öffnete ich die Tür – und hatte irgendwas Neckisches zur Begrüßung auf den Lippen, aber das blieb mir im Hals stecken, denn der Speiseraum war gefüllt mit allen Mitarbeitern des Hauses, die im Rahmen einer Arbeitsbeschaffungsmaßnahme hier arbeiteten – das sind mehr als zwanzig – Und die sagten gar nichts.

Meine „Beratungs-Kollegin" zeigte auf einen freien Stuhl, auf dessen Kante ich mich niederließ.

„Was ist denn hier los?" wollte ich fragen, ließ es aber lieber bleiben. Bestimmt hatte ich den Anfang einer wichtigen Besprechung verpasst. Das Schweigen musste ja einen Grund haben. Also schwieg ich mit. Endlich sagte die Chefin mit Blick auf die Wanduhr, dass er nun aber kommen müsse, der Verantwortliche vom Arbeitsamt.

Ich hatte begriffen. Das war also die vor langer Zeit angekündigte Zusammenkunft aller Mitarbeiter. Die jeweils für ein Jahr laufende „Maßnahme" neigte sich wieder dem Ende zu.

Würden wir heute etwa auch schon erfahren, wer zu den wenigen Glücklichen gehört, die ein zweites Jahr hier arbeiten dürfen?
ER war gekommen – und hatte für kurze Zeit Bewegung und Leben in den Raum gebracht.
„Guten Tag, Herr Sowieso." Stühlerücken.
„Hab' mich leider verspätet, ist ja so viel zu tun."
„Wir freuen uns, dass Sie es möglich gemacht haben zu kommen."
„Aber das ist doch selbstverständlich, wir tun ja alles für unsere Bürger ... Und so werde ich gleich mal in medias res gehen, damit wir keine Zeit verlieren. Also zuerst noch mal allgemein was zu den Rechten und Pflichten der Arbeitslosen ... Ich will versuchen, auch nur die neuen Sachen zu erzählen, denn Sie alle kennen das ja schon, ha, ha, ha ..."
Ist da irgendwo Gemurmel zu hören? Nein, alle hören schweigend zu.
„Was ich jetzt sage, das gilt für alle! Dass mir dann keiner behauptet, er hätte nichts gewusst! Anschließend kommt dann jeder noch mal einzeln zu mir. – So, das wäre erst mal geklärt."
Munter um sich blickend, bedeutet er mit einer Handbewegung, dass die neben ihm liegenden aktuellen „Merkblätter für Arbeitslose – Rechte und Pflichten" ausgeteilt werden können.
Das tut die Beiköchin – flink und beinah geräuschlos. Sie hat die Aufgabe gerne übernommen. Ist ja auch besser als dieses Dasitzen.
Der Mann war mir vom ersten Augenblick an unsympathisch – und zwar auf eine Weise, die sich weder aus seinem Zuspätkommen, noch aus den wenigen Sätzen, die er bisher von sich gegeben hatte, erklärte.
Vielleicht, weil er von allen, einschließlich unserer beiden Chefs, den krisensichersten Job hatte?
Aber wieso kam mir das hier alles heute so fremd, falsch, unmöglich vor?
Nichts schien mehr zu der Örtlichkeit zu passen ... wie ich sie kannte.
Der Speiseraum, sonst warmer, lebendiger Ort, wirkte plötzlich wie der Warteraum im Arbeitsamt. Die Kollegen (meine Güte, sind

wir viele, alle so auf einem Haufen!) saßen genauso da wie Wartende im Arbeitsamt – zugesperrt, steinern.

Ich konnte förmlich die Mauern sehen, die sie um sich gezogen hatten.

Und dann dieser Schwätzer mit dem dröhnenden, aufgeräumten Bass, der irgendwo in der Mitte rausragte und als Amtsperson fungierte! War der wirklich viel größer als alle um ihn herum?

Wo saß eigentlich unser Chef, der mit seinen 1,90 doch sonst nicht zu übersehen ist?

Irgendwie konnte ich das alles nicht begreifen, auch nicht diese maßlose Wut, die in mir hochkroch.

Wieso sitzen die denn alle da wie die Hampelmänner und lassen sich von diesem Amtskasper bedröhnen?

Da, die eine Serviererin, für ihre fröhlich aufmunternde Art bekannt, mit hochrotem, eingezogenem Kopf!

Dort die Kollegin vom Hol- und Bringedienst, sonst kaum zu bremsen in schöpferischem Tatendrang, stiert auch nur vor sich hin.

Und unser beliebter dicker Hausmeister, was war denn mit dem los: Das devote Lächeln im Gesicht ...

Aber ich saß ja genauso belämmert da und wirkte sicher keinen Deut weniger dämlich.

Mein Zorn richtete sich nun gegen mich selber. In Gedanken schimpfte ich auf mich ein: „Was regst du dich eigentlich auf, du dumme Nuss, hast es doch vielmal besser als die meisten hier. Du musst nicht zum Sozialamt, wenn Du kein Arbeitslosengeld mehr kriegst."

Dann ging mir durch den Kopf: Gut, dass uns die Besucher jetzt nicht sehen. So kennen sie uns bestimmt nicht – als stummer, eingeschüchterter Haufen!

Den Ausführungen des Herrn Verantwortlichen konnte ich nicht folgen.

Da kamen Wörter, Begriffe, Kürzel aus ihm raus, die sich irgendwie in mir festklebten und kaum Sinn ergaben: Maßnahme, Bewilligungsbescheid, Bürgerpflichten, Arbeitsberater, Stammnummer, ABM, SAM ... Und urplötzlich kam mich das Lachen an.

Der Gedanke, wie die alle gucken würden, wenn ich jetzt plötzlich losprustete, nahm mich voll in Anspruch. Da war es richtig gut, dass der Redner am Schluss noch paar strenge Sätze über die Sperrungsfolgen von Meldepflichtverletzungen verlas.

Der Lachzwang verschwand von alleine, und die Wut kam wieder: „Wer sind wir denn, dass die uns wie die Blöden behandeln können ..."

Herr Arbeitsamt wünschte den noch Beschäftigten alles Gute für ihr persönliches Leben, sammelte seine Broschüren und Akten zusammen, nannte den Raum, in dem sich die Kollegen zum Einzelgespräch mit ihm einfinden sollten – und steuerte denselben an.

Der Speiseraum war in Minutenschnelle leer. Alle verschwanden in ihren Arbeitsbereichen.

Mir kam es so vor, als würde jede Person ganz schnell eine Ecke ansteuern, in der sie für sich alleine sein konnte.

Aber vielleicht irrte ich mich, und die Kollegen fanden sich zu zweit, dritt zusammen, um zu reden?

Ich jedenfalls versuchte, die Warterei auf das Gespräch mit liegen gebliebener Büroarbeit zu überbrücken. Das ging nur schlecht.

Kurz vor Feierabend war ich dran.

Im kleinen Computerraum der „Chefetage" war eine Amtsstube eingerichtet.

Hinter dem Tisch saß er, vor sich einen riesigen Aschenbecher, der von Kippen überquoll, was deshalb erwähnt werden muss, weil sonst im gesamten Haus Rauchverbot herrscht.

Die Luft war zum Schneiden dick.

„Na, Frau Soundso, nu setzen Sie sich mal", wies mir der Rauchende den leeren Stuhl ihm gegenüber zu.

Er bemerkte mein Zögern, als er den vorbereiteten Antragsbogen für Arbeitslosenhilfe über den Tisch schob: „Den müssen Sie ausfüllen und ordnungsgemäß einreichen, auch, wenn Sie keinen Anspruch darauf haben. Oder wollen Sie etwa nicht weiter versichert sein?"

„Danke, dass Sie mir das sagen, das wusste ich nicht."

(Wieso bedankte ich mich eigentlich bei dem?!)

Meine Frage, ob denn schon klar ist, wer „verlängert" wird, erstaunte ihn.

„Aber hören Sie mal, wir haben Anfang Oktober ... Es ist noch nicht mal entschieden, ob das Projekt überhaupt weiter besteht!

Und was Sie betrifft: Da machen Sie sich mal erst gar keine Hoffnungen. Das wird doch Ihr Mann übernehmen können, Sie mit zu ernähren ... in seiner Position! Da sind ganz andere Bürger arbeitslos, die mal 'ne Chance brauchen ... und die sozial nicht so abgesichert sind wie Sie!"

Ich merkte, dass ich rot wurde. Scham, Wut, Verlegenheit? - bestimmt alles zusammen.

Meine Hände zitterten beim Aufstehen. Den Impuls, ihm den vollen Aschenbecher auf den Schoß zu kippen, unterdrückte ich natürlich.

„Rauchen Sie nicht bisschen viel, gerade hier, wo sonst nicht geraucht wird?" fragte ich beim Rausgehen und hatte einen winzigen Augenblick das Gefühl, ihm wenigstens einen kleinen Hieb versetzt zu haben.

„Ein Laster muss der Mensch doch haben", lachte er dröhnend und selbstzufrieden ...

Liebe Kollegen - am Ende dieses Arbeitstages wäre ich mit euch zusammen glatt zu 'ner Demo gegangen oder auf die Barrikaden - oder wenigstens zu einer schönen Feier, bei der wir gesoffen, geraucht - und geschimpft hätten auf Gott und alle Welt ...

Ich fühlte mich verdammt alleine - und ziemlich angeschissen.

Prüfungen

Prüfungen

Lene strengt sich an, ja nicht auf den Strich zu treten.
Sie schwitzt und ist nervös.
Bis zur Haltestelle muss sie noch ein ganzes Wegstück gehen – bestimmt mehr als 100 Meter.
Gott sei Dank kann sie schon das gelbe Busschild sehen, und bis jetzt scheint es auch halbwegs natürlich auszuschauen, wie sie so vorwärtsstrebt – noch sieht niemand zu ihr hin.
Bloß gut, dass heutzutage alle Welt so mit sich beschäftigt ist.
Es fällt bestimmt niemandem auf, dass ihr Gehen ein bisschen komisch aussieht.
Sie setzt einen Fuß genau vor den anderen, kommt nicht von der äußeren Begrenzung des Fußweges ab – zwei ziemlich kurze Schritte und ein langer.
Nur so geht es, oft genug hatte sie es ausprobiert.
Bei jeder anderen Version muss sie viel eher nach außen sichtbar korrigieren – oder eben auf den Strich treten Das aber darf sie ja nicht.
Sie hat sich auch Strafen ausgedacht, für den Fall, dass sie es nicht fehlerlos bis zur Haltestelle schafft:
Wenn sie einmal den Strich nach vorn mit dem Fuß berührt, muss sie genau an der Haltestelle den Einkaufsbeutel aus der Hand fallen lassen. (Das wäre blöde genug – und ziemlich aufwendig, das Ganze als Ungeschicklichkeit zu tarnen.)
Wenn sie aber außerdem noch nach rechts über die Längsmarkierung des Randpflasters geraten sollte, müsste sie sich selbst mitten auf den Fußweg setzen – mitsamt dem Einkaufsbeutel und der Umhängetasche.
Dagegen wäre der erste Patzer eine Lappalie.
Wie sie so über die eine und andere Selbstbestrafung nachdenkt und überlegt, ob das Fallenlassen des vollen Einkaufsbeutels für zufällig Vorbeikommende wie ein Unfall aussehen könnte – außer Apfelsinen war ja auch eine Packung Eier drin – verlässt sie für den Bruchteil einer Minute die Konzentration, und sie berührt kaum

wahrnehmbar einen Strich nach vorn mit der Fußspitze des rechten Fußes!

Ein heißer Schreck durchfährt den ganzen Körper.

Lene möchte der Versuchung nachgeben, den verfehlten Tritt nicht bemerken zu wollen.

Aber nicht doch, das gerade durfte sie nie wieder tun!

Genau das hatte ihr ja quasi all die Jahre lang nach dem Vorfall vor mehr als vierzig Jahren diese ewige Mühsal mit dem „immer etwas gutmachen wollen" eingebracht!

Und wieder durchzuckt es sie. Schon wieder ist es passiert!

Sie ist ins Kippeln gekommen – und hat nach rechts außen treten müssen, um nicht zu fallen.

Die zweite Version der Bestrafung muss also abgeleistet werden, wenn sie ihr Ziel erreicht hat.

Da nutzt es ihr auch nichts mehr, dass sie die letzten Meter fehlerlos schafft.

Mit gesenktem Kopf, ergeben in das Schicksal, dem sie nicht mehr ausweichen kann, nähert sie sich dem Ziel.

„Bloß nicht lange überlegen und einfach fallenlassen", nimmt sie sich vor.

Lene kneift die Augen zu, lässt links den Beutel los und wirft sich nach rechts auf den Asphalt.

Die Landung wird durch die Umhängetasche, die sie immer über der linken Schulter auf der rechten Hüfte trägt, etwas abgebremst.

Es tut Lene gut und ist ihr fast gar nicht peinlich, dass ein junger Mann im Alter ihres Sohnes zu Hilfe eilt. Der sucht die Apfelsinen zusammen, nachdem er sich vergewissert hat, dass sie sich wirklich nicht sehr wehgetan hat beim Stürzen.

Die Eierschachtel ist in der Tasche geblieben. Die fühlt sich allerdings etwas zu weich an.

Gott sei Dank ist der Beutel aus Plaste oder „Plastik", wie man westdeutsch sagt.

Keiner der Fahrgäste wird auf die Idee kommen, dass Lene kaputte Eier mit sich rumträgt!

Unvermittelt denkt sie an einen der wenigen Werbeslogans aus DDR-Zeiten: „Plaste und Elaste aus Schkopau", stand immer an der

Autobahnbrücke bei Dessau, wenn sie mit dem Trabi-Combi zu den Schwiegereltern gefahren sind.

Sie putzt sich den Mantel ab und schaut sich um.

Es stehen gar nicht so viele Menschen an der Haltestelle, und Lenes Fußweglandung scheint jetzt kaum noch jemanden zu interessieren.

Die Leute blicken an ihr vorbei nach links hinten, von wo der Bus kommt.

Der junge Mann ist wirklich nett. Er steigt hinter Lene ein und achtet unauffällig darauf, dass sie in den Bus gelangt, ohne noch mal auszurutschen.

Sogar ein Platz gleich neben der Tür bleibt für sie frei.

„Wieder mal geschafft", denkt Lene – und: „Hoffentlich habe ich jetzt mal für eine Weile Ruhe."

Die wird sie so lange haben, bis ihr Weg wieder mal über solche Gehwegplatten führt.

Dann kommt bestimmt wieder das unwiderstehliche Verlangen, eine neue Prüfung zu bestehen.

Ob das jemals aufhört?

Lene war etwa zwölf, als sie damit angefangen hatte, sich selber Aufgaben zu stellen, die sie erfüllen musste, was nie leicht war.

Sie hatte das auch meist geschafft. Wenn nicht, absolvierte sie die selber ausgedachten Strafen.

Das Ganze war ungeheuer aufregend und reizte zu immer neuen, schwierigeren Aufgaben – und härteren Strafen, wenn sie die Prüfung nicht erfüllte.

Niemand von Lenes lieben Nächsten wäre auf die Idee gekommen, dass dieses stille, brave, unauffällige Mädchen solche Sachen mit sich anstellt!

Einmal z.B. musste sie zur Strafe ihre Hand zwei Minuten lang einen Finger breit über eine brennende Kerze halten, weil sie es nicht geschafft hatte, mehr als eine Minute den Atem anzuhalten.

Wie lange zwei Minuten sind, hat sie damals erfahren – aber seit der Zeit weiß Lene auch, dass sie eine ganze Menge aushalten kann.

Irgendwann allerdings hatte sie damit begonnen, bei diesen Prüfungen ihr Leben einzusetzen.

„Wenn ich dieses oder das nicht schaffe, muss ich mir das Leben nehmen", sagte sie sich dann, wenn ihr die Aufgabe als gut erfüllbar erschien.

Mehrmals war sie so tatsächlich erfolgreich um ihr Leben gelaufen.

Bis dann eines Tages folgendes geschah:

Auf dem Weg von zu Hause bis zur Großmutter sah Lene wieder genau diese Wegplatten vor sich, mit denen sie schon öfters die „Prüfung" bestanden hatte.

Und sie sagte zu sich:

„Ich werde den Weg wieder schaffen, ohne auch nur auf einen Strich zu treten. Sollte es doch passieren, muss ich mir das Leben nehmen!"

Dann trat sie doch e i n m a l ganz kurz auf e i n e n Strich – und tat so, als bemerkte sie es nicht.

Natürlich nahm sie sich nicht das Leben ...

Auf ihrem Sitzplatz befühlt Lene mehrmals den Plastikbeutel, und sie greift auch nach der Eierschachtel.

„Ob viele kaputt sind? Manche sind bestimmt nur angeschlagen."

Heute Abend will sie Rühreier machen. Die hat sie ihrer Familie schon lange nicht mehr vorgesetzt.

Der Junge

„... Kleiner Anzug, große Hosen, Handgranaten in denselben ..."
Wieso kommen ihr diese Worte in den Sinn, woher hatte sie das? Vorhin, beim Staubsaugen, lief der Fernseher. Und jetzt hat sie diesen Satz wie einen Ohrwurm im Kopf.

„... Kleiner Anzug, große Hosen, Handgranaten in denselben ...?"
Weil da plötzlich dieser kleine, schwarzäugige Junge mit der riesigen Hose im Bild stand? Die Hose wurde über der Brust von dikken Hosenträgern gehalten. Das Kind mochte sieben, höchstens neun Jahre alt gewesen sein. Die Arme lagen rechts und links ganz nahe am Körper und steckten mit in der Hose.

Beim ersten kurzen Hinsehen hatte sie geglaubt, der Junge habe gar keine Arme, was Gott sei Dank nicht stimmte.

„Massaker im Kosovo, mehr als vierzig Menschen getötet."
Seit gestern hatte Lene diese Worte oft in den Nachrichten gehört, in der Zeitung gelesen ...

Als sie mit ihrem Mann beim Abendbrot gesessen hatte, wurde im Radio auch vom Krieg im Kosovo berichtet.

Lene war kurz hochgefahren, hatte „schrecklich" gedacht und so was auch zu ihrem Mann gesagt.

Dann hatte sie weitergegessen.

Heute Morgen stand der Junge mitten im Bild, auf einem freien Feld, einfach so.

Den Kommentar dazu hatte sie wegen des Staubsaugerlärms gar nicht verstehen können.

Vielleicht war es gar nicht um den Kosovo gegangen?

Jetzt ist der Fernseher längst aus, Lene hat mit der Wäsche im Bad zu tun.

Und plötzlich kommt ihr diese Redensart in den Sinn.

Sie wiederholt und wiederholt den Satz im Geiste, ändert da ein Wort, schiebt am Satz hin und her, bis sie sich in seinem Takt zu ihren Handgriffen zu bewegen beginnt:

„... Kleiner Anzug, große Hosen, Handgranaten in denselben ..."
„... Kleine Taschen, große Hosen, Handgranaten in denselben ..."
„... Kleine Schuhe, große Hosen, Handgranaten in denselben ..."

„... Kleiner Junge, große Hosen, Handgranaten in denselben ..."
„... Kleiner Anzug, große Taschen, Handgranaten in denselben ..."
Und der Junge baut sich wieder vor ihr auf, lässt sie nicht mehr los.

Waffen hatte der sicher nicht in den Taschen. Die Hose hatte bestimmt nicht mal Taschen. Aber wie er die Hände mit in den Hosen hatte!

Direkt ärmlich oder abgerissen wirkte er nicht mit seiner Kleidung –, sogar an ordentlich geschnürte Schuhe meint sie sich zu erinnern.

Was beunruhigte so an dem Kind?

Die Augen des Jungen waren besonders groß, dunkelbraun und schön ... Und wie die schauten! Eindringlich, ernst, düster ... Gar nicht traurig, wehleidig ... Eher argwöhnisch, verbissen, böse ...

Und Hass hatte sie in seinen Augen gesehen.

Aber kann denn ein kleines Kind schon hassen?

Und wie die Arme mit in den viel zu großen Hosen steckten! Als wollte er sich mit ihnen festhalten. Gestreckt waren sie – und die Hände vielleicht zu Fäusten geballt?

Lene lässt sich auf dem Badewannenrand nieder, schließt die Augen und setzt sich das Bild des Jungen noch einmal aus dem Gedächtnis zusammen.

Da ist zuerst wieder die große Hose mit den dicken Hosenträgern.

Sie will den schmächtigen Körper in die Hose einpassen (und denkt dabei an eine Anziehpuppe, wie sie sie als Kind anzog. Bei der ging sie aber umgekehrt vor: Die Puppe wurde nicht den Sachen angezogen – sondern die Sachen der Puppe!)

„Was ziehe und zerre ich im Geiste an dem Kind rum –, als ob das irgendwas bringt!" schimpft sie mit sich selber. Ruckartig steht sie auf, sieht sich den Wäschekorb an. „... Als wenn ich nichts zu tun hätte ..."

Klammern gegriffen, Wäschestücke sortiert und auf den Ständer verteilt. Zum Glück ist nur eine Hose dabei – dazu braucht niemand Hosenträger.

Und da ist er wieder, der Junge. Er schaut sie an. Hart. Böse. Unversöhnlich.

Kindermund

Die junge Frau in der Warteschlange am Fleischwarenstand bei „Kaisers" ist schwer damit beschäftigt, ihr ungefähr vierjähriges Mädchen ruhig zu halten.

Gerade thronte die Kleine noch vor ihrer Mutter auf dem Einkaufskorb, die Beine rechts und links nach vorne durchgesteckt und wild mit ihnen zappelnd, jetzt möchte sie lieber unter dem Korb Platz nehmen, wo aber schon eine Kiste mit diversen Flaschen steht.

Geduldig erklärt die Frau ihrer Tochter, warum sie dort unten nicht sitzen kann.

Sie verspricht ihr ein Wiener Würstchen, wenn sie an der Reihe sind – aber das kann noch dauern!

Ich höre die junge Frau beschwörend auf das Kind einreden und glaube, Märchenstücke zu verstehen. Jetzt singt sie ihr sogar leise ein kleines Lied vor.

Die Kleine schaut gnädig gelangweilt an ihr vorbei, durch mich hindurch.

Ein hübsches Kind, stelle ich fest, mit hellblonden Kringelhaaren, strahlend blauen Augen und einem niedlich vorgeschobenen Mund.

Wie ich da so stehe, vor mir den schmalen gebeugten Rücken der Frau mit dem flüchtig übergeworfenen Mantel, auf dem Kragen Schuppen von den mit einer Spange mühsam im Zaum gehaltenen Haaren, daneben dieses propere Kind, da packt mich Mitleid mit der Frau und Ärger auf das Kind, dieses kleine gepflegte Monster.

Vielleicht hat die Frau ihre Tochter nach der Arbeit gerade aus dem Kindergarten geholt und muss nun zusehen, wie sie bis zum Abend alles noch schafft ...

Oder sie ist im Erziehungsurlaub, und das kleinere Kind wird gerade von der Nachbarin betreut, für die sie dafür mit einkauft, oder ...

Meine Güte, denke ich, was nützen den jungen Müttern all die vielen technischen Neuheiten und Erleichterungen, die es heutzutage gibt und von denen wir damals nicht mal geträumt haben – wie keine Windeln mehr waschen zu müssen – wenn sie noch genauso gestresst und überanstrengt sind, wie wir das damals waren?

Ich erinnere mich – vor fünfundzwanzig Jahren an der Kaufhallen - Kassenschlange.

Meine knapp fünfjährige Tochter war müde und unausstehlich – ich sicherlich auch.

Auf der Arbeit hatte es einen Haufen Ärger gegeben, wieder mal war ich nicht pünktlich weggekommen, und die Nachbarin, die meinen einjährigen Sohn aus der Kinderkrippe abgeholt hatte, wartete sicher auch schon, dass ich endlich komme.

Es dauerte wieder ewig und schien überhaupt nicht voranzugehen.

Außer mir standen noch viele andere genervte Leute in der Schlange

Die ältere Frau hinter uns wollte sich anscheinend die Zeit damit verkürzen, mit der „goldigen Kleinen" zu plaudern, aber das gelang ihr nicht. Die „goldige Kleine" schaute die Frau mit ihren großen braunen Augen nur mürrisch an und würdigte sie keines Tones.

An mir aber zog und zerrte Tochter Marie herum, wollte dieses und jenes ...

Endlich war ich dran.

Die eingekauften Sachen lagen alle auf dem Band, als Maries Stimme deutlich und unüberhörbar ertönte: „Mama, Du bist 'ne alte Kackewurscht."

Ich versuchte, es nicht gehört zu haben und wusste im selben Augenblick schon, dass ich damit nicht durchkam.

Töchterchen merkte genau, dass sie jetzt endlich für viele Umstehende ins Blickfeld geraten war und konnte es nicht dulden, wenn ausgerechnet ich ihr nicht zuhörte.

Sie sagte noch einmal, diesmal viel lauter und noch deutlicher: „Mama, du bist 'ne große, dicke Kackewurscht."

Jetzt musste ich reagieren und hatte das unbestimmte Gefühl, es hänge sehr viel davon ab, w i e ich das tun würde.

Ich dachte angestrengt nach – viel weniger über eine erzieherisch wertvolle Äußerung für meine Tochter, als über eine passende, zufrieden stellende für die umstehenden Einkäufer.

Denn solche Bemerkungen wie: „Diese Göre ist ja ungezogen!" „So was hätten wir uns früher mal trauen sollen!" „So weit kann es kommen mit der heutigen Erziehung", standen jetzt viel mehr im Mittelpunkt meiner Wahrnehmung als die kundgetane Meinung meiner Tochter.

Ich hatte das Gefühl, nicht nur mein Kind, sondern den ganzen Laden – und die ganze Welt – gegen mich zu haben.

Das Richtige wollte ich sagen – aber mich doch auch wehren.

Nichts fiel mir ein.

Wuttränen kamen hoch – und von da an war für nichts anderes mehr Platz als für die Anstrengung, die Tränen nicht rauskommen zu lassen.

„So weit kommt es noch, vor den ganzen Klugscheißern hier loszuheulen!"

Irgendwie bin ich dann rausgekommen aus dem Laden, wortlos, mit verbissenem Gesicht, das ungezogene Kind unter dem einen, die eingekauften Sachen unter dem anderen Arm.

Später habe ich die Geschichte manchmal erzählt. Sie kam immer gut an – als herzige Kindermund-Anekdote.

Mutter, Vater, Kinder

Es ist kalt und glatt kurz vor Weihnachten. Die Kinder sind mit dem Auto in die kleine Börde-Stadt gefahren. Sie wollen die Großeltern zum Weihnachtsfest holen. Eigentlich sollten sie längst da sein.
Das Warten ist wieder mal schlimm für Lene.
Ihr Sohn hat doch gerade erst den Führerschein gemacht.
„Hoffentlich erzählen sie nicht so viel beim Fahren – Es passiert so viel auf den Autobahnen!"
Die Angst macht sich breit – und lässt nicht wieder los.
Eigentlich hätte Lene noch genug zu tun, aber was sie auch anpackt, nichts gerät.
Unvermittelt kommt die Wut auf ihren Mann. Er ist natürlich auf der Arbeit, wo sonst! Hätte er die Eltern nicht mal holen können? – natürlich nicht!
Da fallen Mauern, Gesellschaftssysteme brechen zusammen, Jahrzehnte Leben vergehen – alles ringsum verändert sich ... Eines bleibt, wie es schon immer war: Für die Familie ist er so gut wie nie da, für die Arbeit immer!
Klavierspielen geht.
Früher hatte sie das öfters gemacht: sich Leute „ranzuspielen", auf die sie wartete. Wenn Gäste kommen sollten und alles dafür vorbereitet war, setzte sie sich ans Klavier und spielte. Das entspannte und ordnete gleichzeitig. Wenn sie dann so ausdrucksvoll wie möglich zu spielen versuchte, konnte sie sich vorstellen, wie die Ankommenden durch das schöne Spielen auf einen guten Besuch eingestimmt werden.
Aber bei solchem Warten wie an diesem 22. Dezember spielt sie zur eigenen Beruhigung – Melodien, die sie lange genug drauf hat, zuerst ziemlich heftig, dann flott, schließlich melancholisch ... Und wieder ist da die Angst. Die zieht an allen Ecken.
Das Telefon klingelt. Es ist ihr Mann. Seine Stimme klingt ernst und ganz fremd. Sie ist wie starr, gleichzeitig voll mit wirren Gedanken. Es dauert lange, bis sie den Sinn seiner Sätze versteht.
„Die Kinder haben sich verfahren – die richtige Autobahnabfahrt verpasst. Eine Viertelstunde kamen sie zu spät ... Vater ist gestorben.

Es muss alles sehr schnell gegangen sein. Er wollte den Koffer für die Reise vom Boden holen und war nicht wiedergekommen. Als Mutter nachschaute, lag er auf der Erde, und alles war schon vorbei."

Noch bevor Lene was sagen kann, versucht sie zwanghaft, das eine mit dem anderen zu verbinden.

„Weil die Kinder eine Viertelstunde zu spät gekommen sind, ist Vater ...?"

„Ja", sagte sie schließlich auf seine Frage, ob sie ihn gehört habe.

Dass man Vater schon abgeholt hat und die Kinder mit der Großmutter bald kommen werden, weil das ja so das Beste ist, sagt er noch – und weint wohl nun ... Sie hört Schluchzen.

Dann sitzt sie wieder am Klavier – das Spielen geht jetzt wie von selber. Für den Schwiegervater hatte sie noch nie gespielt.

Die Spannung löst sich. Sie ist unbeschreiblich erleichtert, dass den Kindern nichts passiert ist.

Gleichzeitig breitet sich schmerzhafte Traurigkeit in ihr aus. Und dann ist da so ein Staunen über das alles.

Der große, starke, liebe Schwiegervater, der einzige Großvater weit und breit, ist also nicht mehr auf der Welt.

Ihr Mann kommt – und gleich darauf hört sie das Auto.

Sie sieht vom Fenster aus: Ihr Mann, der nach unten gelaufen war, nimmt seine Mutter aus Tochter Maries Armen in seine. Lene geht zur Tür. Langsam kommt ihr Mann mit seiner Mutter die Treppe hoch. Sie hört, wie er beruhigend auf sie einredet. Ihre Tochter überholt die Beiden – sobald sie ihre Mutter sieht, rennt sie und wirft sich ihr entgegen.

„Oma hat mir jetzt versprochen, nun doch noch dazubleiben, erst wollte sie Opa gleich hinterher gehen!" ruft sie.

Lene streichelt ihre Tochter und hält sie fest. Wo ist der Sohn, ihr Kleiner? Sie sieht sich nach ihm um. Er hatte noch das Auto abgeschlossen, war hinter den anderen die Treppe hochgegangen ... Dann sieht sie ihn vom Klo kommen. Er hat rote Augen. Die Arme seiner Eltern waren besetzt, er hätte sie ohnehin nicht angesteuert.

Lene registriert, wie er sich suchend umschaut und dann geradewegs auf das Klavier zugeht. Er spielt.

Lene hatte nicht mehr gewusst, dass er s o spielen kann.

Zeit mit dem Dichter

Jetzt ist er zehn Jahre tot – und noch immer so lebendig für sie.

Vor zwanzig Jahren war sie ihm zum ersten Mal begegnet. Er las in einem Theater seine Gedichte. Ganz oben im Rang hatte sie gesessen und kaum etwas von ihm sehen können. Übervoll war es gewesen.

Seine Stimme erreichte sie, und die Gedichte ließen sie später nicht los.

An die beeindruckende Atmosphäre im Theater erinnerte sie sich noch lange. Vor Beginn der Lesung herrschten im Foyer Unruhe, Hektik, um Karten wurde gestritten. Kaum hatte er, der mit tosendem Beifall begrüßt wurde, angefangen zu lesen, kehrte Stille ein. Die Aufmerksamkeit aller war auf ihn gerichtet.

Noch bevor sie ihm zuzuhören versuchte, nahm sie diese noch nie zuvor in einem Theater erlebte eigenartige Andacht auf, die da herrschte. Sie blickte in Gesichter, die gleichermaßen konzentriert und entrückt aussahen. Viele von den jungen und alten Zuhörern müssen ihn schon vorher gekannt haben – anders konnte sie sich diese augenblickliche Konzentration auf ihn und seine Worte nicht erklären.

Und er saß einfach so da – auf dem Holzstuhl, den fülligen Körper etwas vorgebeugt, und las – von kleinen Blättern, verirrten Sonnenflecken, vollgeladenen Leiterwagen und von Gefühlen.

Geträumtes und Wirkliches, Schweres und Leichtes, Heiteres und Ernstes standen dicht beieinander, verwoben sich, um dann wieder voneinander zu lassen. Eines schien dem anderen mal Stimme zu geben oder dessen Kehrseite zu sein. Die Worte waren schlicht, leise, aber eindringlich.

Manchmal war ihr so, als hörte sie sich selber zu –, obwohl sie nie Gedichte geschrieben hatte.

Nach der Lesung standen lange Schlangen von Menschen, die den Dichter noch von Nahem sehen wollten.

Später fragte sie ihre Freundin nach ihm aus. Die kannte ihn persönlich – durch den Verlag, in dem sie Lektorin war.

Die Freundin lieh ihr Bücher von ihm aus.

Wenn sie jetzt seine Gedichte las, versuchte sie, sich das Theatererlebnis in Erinnerung zu rufen. Das ging nicht. Die Gedichte gefielen ihr zwar gut, manche erkannte sie auch wieder, aber ohne seine Stimme fehlte etwas.

Seine Geschichten las sie viel lieber. In ihnen erfuhr sie etwas über ihn, den Wiener Judenjungen Erich, der schon so viele Jahre in London lebte, einer Stadt, die ihr als DDR-Bürgerin verschlossen blieb.

Seine Kinder waren schon erwachsene Männer. Die sprachen bestimmt nur noch Englisch.

Der Dichter glaubte an den Sozialismus, immer noch.

Am Anfang des Jahres 89, als noch niemand ahnte, dass es das letzte DDR-Jahr war, wurde der Dichter Erich wieder in Ostberlin erwartet.

Ihre Freundin erzählte, dass er sehr krank sei. Aber vom Krebs wollte er sich nicht unterkriegen lassen. Es schien sich ja einiges in der DDR zu bewegen, was auf Reformen im starren Kulturbetrieb hinwies – da musste er doch hin!

Er durfte sogar bei den Freunden zu Hause übernachten, wo er pflegerischen Beistand erwarten konnte – und musste nicht ins Hotel –, ein Jahr zuvor undenkbar!

Sie freute sich, dass sie ihrer Freundin bei der Vorbereitung auf sein Kommen helfen konnte. Ihr Mann hatte auch ärztliche Hilfe zugesagt, sollte die gebraucht werden.

Die Lesung war am Sonntagvormittag, im selben Theater wie zehn Jahre zuvor.

Wieder hatte sie nur noch ganz hinten einen Platz bekommen, sie sah ihn kaum größer als einen Punkt.

Kurz wollte sie dem Impuls nachgeben, lieber wegzugehen, aus dem Theater raus – als könne diese Lesung die Erinnerung an die erste beschädigen.

Diesmal war alles so ähnlich wie damals, aber doch auch ganz anders.

Zehn Jahre Lebenszeit waren inzwischen vergangen, in denen sie ihren Sozialismus-Glauben endgültig begraben hatte!

Was konnte der deutsch-jüdische Dichter Erich aus London über das bedrückende alltägliche Leben einer DDR-Frau wissen, dass er sie mit seinen Gedichten erreicht?

Natürlich wusste er nichts von ihr – und bewegte sie doch!

Da war wieder seine Stimme, die von Knospen an verdorrtem Holz sprach – und über kleine Wunder, die Großes fühlen ließen ...

„Es ist, was es ist, sagt die Liebe."

Sie hätte nach der Lesung nicht sagen können, was es genau war, das sie wieder so gefangen genommen hatte.

An seine Krankheit hatte sie keinen Moment lang gedacht.

Sie freute sich auf den Besuch bei ihren Freunden am Abend – und dass sie ihn endlich kennen lernen konnte.

Und dann saß er da – um ihn ein Kreis von Leuten.

Die eingesunkene Gestalt schien vom Sessel gehalten zu werden, der Körper war von der Krankheit schwer gezeichnet

Sie erschrak. So hatte sie sich ihn nicht vorgestellt.

Der in der Erinnerung raumgreifende Körper erschien nun so schmächtig und hilflos. Jede seiner Bewegungen war sichtbar mit Mühsal verbunden.

Der Kopf lag schwer auf der Nackenlehne.

Beim Guten Tag Sagen kam ihr seine ausgezehrte, bestimmt ehemals große Hand entgegen. Sie ergriff diese und wollte verlegen werden, aber dann sah sie seine Augen vor Energie blitzen und sie direkt anblicken.

Sie wurde rot. „Setzt euch doch", sagte er zu ihr und ihrem Mann, dem nun auch die Hand hingestreckt wurde, und hörte gleich darauf weiter dem Gespräch zu, das gerade im Gange war.

Es gab ja viel zu reden – über neue Möglichkeiten, Hoffnungen, aber auch Ängste.

Es dauerte nicht lange, und sie, wie auch ihr Mann, waren mittendrin – beim Zuhören, Reden, Diskutieren.

Der Dichter hörte aufmerksam zu, redete mit und manchmal auch dazwischen.

Wenn er was sagen wollte und nicht gleich gehört wurde, nahm er seinen Krückstock zu Hilfe und winkte mit ihm.

Erich ließ während des Gesprächs seinen Kopf an der Rückenlehne ruhen. So konnten die blauen Augen ohne Bewegungsaufwand des Kopfes von Redner zu Redner wandern.

Keiner der Anwesenden schien Erichs schlechten Gesundheitszustand mehr wahrzunehmen, bis zu den Augenblicken, wenn er für den Toilettengang um Hilfe bat. Da schienen sich alle kurz zu besinnen und vielleicht auch darüber nachzudenken, ob man die Runde nicht langsam auflösen sollte. Es war ja spät geworden, und der Tag musste für ihn besonders anstrengend gewesen sein.

Er kam ohne Hilfe tatsächlich weder aus noch in den Sessel. Am besten ging es, wenn rechts und links gleichzeitig zugegriffen wurde. Und jeder Schritt musste langsam vorbereitet werden, um zu glücken.

Das allerdings hinderte ihn nicht daran, beim mühsamen Gehen die Runde hinter sich zu mahnen, doch bitte ohne ihn das Thema nicht weiterzuführen, sondern auf ihn zu warten.

Es war dann tatsächlich kurz still in der Runde, aber bald entwickelten sich Zweiergespräche, in denen über seine fortgeschrittene Krankheit geflüstert wurde. Ob er viele Medikamente nehmen muss, fragte man sich, und wie die Chancen einer Operation stünden ...?

Sie sieht ihn noch vor sich, wie er das eine Mal, schwer auf den Schultern ihres Mannes hängend, beim Zurückkommen selber was dazu sagt:

„Hoffentlich halte ich durch, bis zum Ende, in Würde, ohne was zu nehmen, vorher ..."

Das kleine, gastliche Haus war den ganzen Tag offen gewesen – für Leute, die den Dichter begrüßen wollten.

Viele kamen.

Ein paar auch, um Eindrücke zu sammeln, die sie anschließend im Bericht für ihre zuständige Stasi-Stelle niederschrieben.

Sie wird von dem Abend viele Bilder im Kopf mitnehmen. Wenn sie die sich später in Erinnerung holt, wird sie schmunzeln, nachdenken und immer wieder staunen.

Wie z.B. die Freundin und deren Mann eine ganze Weile rechts und links neben Erich auf dem Fußboden sitzen, beide mit dem Gesicht ihm zugewandt, der gerade etwas erzählt. Behutsam legt er die linke Hand auf den Kopf der Freundin.

Es sieht aus, als bäten zwei erwachsen gewordene Kinder um den Segen des Vaters.

Sie weiß nicht mehr, wie lange die Gespräche noch dauerten, erinnert sich aber, dass ihr Mann irgendwann zur Gitarre griff, weil man ihn darum gebeten hatte. Die vom Reden erhitzten Gemüter wollten sich durch einen harmonischen Abgesang beruhigen.

Sie sah, dass der Dichter die Augen geschlossen hatte. Er war wohl eingeschlafen. Sie sangen vertraute Lieder. Manche sangen mit.

Zuletzt stimmte sie das jiddische Wiegenlied Lied „Schlof, mei Kinde, schlof geschwinde ..." an. Das hatte ihre Großmutter für sie schon gesungen, und es war auch für ihre Kinder Schlaflied gewesen.

Sie sang es für ihn, auch wenn sie glaubte, dass er es nicht hörte, weil er fest schlief.

Danach verabschiedeten sich die Leute, leise, um ihn nicht zu wecken.

Plötzlich öffnete er die Augen, sah sie an und sagte: „Danke."

Und wenig später, mehr zu den Anderen: „Das hat mir immer meine Großmutter gesungen – zum letzten Mal, kurz bevor sie deportiert wurde."

Es war Dein letzter Besuch im DDR-Deutschland, Erich.

Kurz vor dem Mauerfall bist Du gestorben.

Du hast es geschafft, in Würde zu sterben und nicht vorher die Kraft verloren.

Wir hätten uns so sehr gewünscht, Du wärest damals noch am Leben gewesen, als so viel Hoffnung und Aufbruchstimmung in unserem Land war.

Du fehlst mir.

Zur Erinnerung an Erich Fried

Ein Sohn

Sie liegt bewegungslos, die Augen zur Decke gerichtet.

Das eben Geträumte hängt in ihr: Ich liege irgendwo auf einem Streifen – ist das Land, Erde, Luft? Der Streifen hält mich, ist grün – und warm wie Moos. Über mir wie eine Glocke der Himmel. Aber die Glocke lässt Eiseskälte durch – und seine Stimme, die mich erreicht. Er ist noch da!

Langsam muss sie sich in die Wachwelt hinüberbewegen, um unversehrt dort anzukommen.

Zuerst die Augen:

Diesen Teil der Zimmerdecke hatte sie schon oft betrachtet und sich dabei über das streifige Weiß der Raufasertapete geärgert. Aber jetzt ist es gut, dort Orientierung zu finden. Sie kann ihren Blick schweifen lassen, ohne den Kopf zu drehen. Dabei nimmt sie die guten Bewegungsmöglichkeiten ihrer Augen wahr.

Sie spürt den Auflageflächen ihres Körpers nach.

Das Wolkenspiel fällt ihr ein, das sie als Kinder spielten. An der Decke könnte man jetzt auch Wolkenfiguren finden.

Langsam bewegt sie den Kopf. Das Knacken im Nacken gibt wohlbekannte Signale – denen kann kein noch so wirklicher Traum standhalten.

Beim vorsichtigen Dehnen, Strecken und versuchten Rekeln fühlt sie im Brustkorb die Seele wie körperlich.

Je mehr sie sich mit dem Gedanken beschäftigt, wie die Seele beim Sterben dem Körper entflieht, je tiefer sie atmet, um in sich Platz zu schaffen, desto mehr werden die körperlichen Empfindungen zu Gefühlen.

Druck macht Traurigkeit Platz.

Unruhe weicht Angst.

Leere wird zum Verlassenheitsgefühl.

Und da fühlt sie auch die Wut – in den Händen, die sich zu Fäusten ballen, in den Schultern, die sich zum Kopf ziehen und in den Füßen, die abwechselnd auf die Liegefläche schlagen wollen und dann mit den Knien zum Bauch hin gezogen werden.

Der Satz: E r i s t t o t ! scheint jetzt aus ihrem Körper herauszuwollen. Sie will ihn festhalten und rollt sich nun ganz zusammen. Die Arme liegen übereinander, halten den Bauch und sie.

Dann kommt er doch heraus. Er ist tot! Und jedes Mal, wenn der Satz nach draußen gedacht wird, kommen noch andere Sätze, die ihm folgen oder ihn einkreisen: Er ist weg ... Nie kommt er wieder! ... Mein Sohn, unser Junge, wo bist du? ... Lass es nicht zu, lieber Gott!

Jeder Körperteil scheint es für sich erspüren zu müssen, um es zu begreifen:

Er ist tot.

Der lastende Traum eben war zu ertragen, aber die Wirklichkeit hält sie nicht aus.

Wie gerne würde sie sich wieder in den Traum zurückziehen!

Die Gefühle toben, Tränen nässen Gesicht und Kissen, erleichtern nicht.

Vielleicht können sie ausleeren, um wieder fühlloser zu werden.

Im Traum hatte ich eine Postkarte aus dem Briefkasten geholt – eine Ansichtskarte mit Gebirge drauf.

Davids Schrift! Ich erstarre, lese den Text:

Grüße, bald wieder sehen, Zeit ist Geld ... Und ähnlich so weiter, dicht beschrieben.

Die Karte muss schnell weg. Am besten zerreißen. Aber das geht doch nicht – die letzte Post von ihm wegwerfen ...

Mein Mann kommt. Das Kleid hat keine Falten. Er sieht, wie ich das bunte Ding verstecken will. Er zieht an meinem Arm. Wir kämpfen verbissen, ohne Worte. Schließlich gebe ich auf. Schluchzend hält er die Karte in den Händen, beugt sein Gesicht drauf, lacht unter Tränen: „Also ist doch noch Hoffnung! Er ist vielleicht am Leben – wenn er doch geschrieben hat!"

Ich will ihm so gerne glauben, weise auf das Datum, das anzeigt: Die Karte wurde zwei Tage vor dem Unfall geschrieben.

„Siehst Du nicht, der Poststempel von Sonnabend ist drauf – am Montag ist es doch erst passiert!"

Trotzdem ist jetzt Hoffnung. Die springt auf mich über. Wenn e r so darauf reagiert, der sonst immer den klareren Kopf hat ...

Schnell greife ich die Karte und versenke sie tief in den Papierkorb, damit niemand sie lesen kann – und es mir wieder wegnimmt, das gute, warme Hoffnungsgefühl, das so schnell zu zerstören ist.

Weshalb bin ich aufgewacht. Warum konnte ich nicht liegen bleiben auf dem grünen, warmen Streifen, auf dem ich da lag, die Glocke um mich ...

Sie steht mühsam auf und ist nahe daran, im Papierkorb nachzusehen.

Nicht, weil sie inzwischen wach ist, tut sie das nicht, sondern weil da im Moment etwas in ihr ist, das den Schmerz aushalten lässt.

Das will sie nicht zerstören.

Vielleicht fürchtet sie auch, dort wirklich eine Karte zu finden – mit dem Sonnabend-Datum.

Es ist viel zu tun.

Sie muss den Anzeigentext noch wegbringen.

Im Alter von 23 Jahren starb unser geliebter Sohn David an den Folgen eines Unfalls.

Das soll morgen in der Zeitung stehen?

Wieso musste d i e s e s Lastauto zu d e r Zeit d o r t mit überhöhter Geschwindigkeit angefahren kommen, als unser Sohn d a gerade mit dem Fahrrad zur Uni fuhr?

Wie lange es gedauert hatte, bis David das studieren konnte, was er schon immer wollte – und was hat er nicht alles getan, um, wie es hieß, *würdig zu sein, in der Hauptstadt der DDR zu studieren!*

Sogar ein Jahr länger blieb er dafür bei der *Nationalen Volksarmee,* die es inzwischen gar nicht mehr gibt ... genauso, wie es die ganze DDR nicht mehr gibt!

Endlich war es so weit ... Du warst so glücklich ... Vieles war plötzlich möglich geworden ...

Ob mir das helfen könnte, wenn ich wüsste, wem ich meinen Zorn ins Gesicht schreien soll?

Im letzten Jahr, bei diesem komischen Praktikum, musstest du jeden Morgen um drei aufstehen. Ich immer mit, hab' dir die Stullen geschmiert.

Das sei in dem Alter gar nicht gut – wegen zu enger Mutterbindung und so ...

Ihr Klugscheißer! So habe ich wenigstens noch was für ihn tun können ... und war nahe bei ihm ...

Mein Gott, wie kann ich das aushalten, dass er tot ist ...

Habe ich nicht mal jemanden sagen hören: Der Mensch ist begrenzt liebesfähig?

Begrenzt leidensfähig ist der Mensch, das ist wahr!

Ob es stimmt, dass geliebte verstorbene Menschen in lebenden weiter existieren?

Könnte das trösten?

Bestimmt mehr, als auf IHN da oben zu vertrauen, bei dem David jetzt sein soll.

ER hat ihn so zeitig geholt!

Den die Götter lieben, holen sie jung zu sich, heißt es im Sprichwort.

Mein Bauch tut so weh! – Ist mein Sohn in mir drin?

David ist tot! Mehr kommt nicht rein in die Anzeige!

Eine Stunde später ist sie beim Einkaufen.

Wer sie nicht aufmerksam ansieht, wird nichts Außergewöhnliches an ihr bemerken.

Sie geht schleppenden Schrittes, mit nach vorne gezogenen Schultern, leerem Blick.

Das fällt nicht weiter auf, gibt es doch heutzutage viele Gründe, so oder so zu gehen.

Die Tür zum Hof

Die Tür zum Hof

Vom Fenster aus sieht sie in den Hof
Der ist ja schon wieder kleiner geworden!
Sie hatte gedacht, dass ihre Kindheitswelt aufhören würde zu schrumpfen, wenn sie nicht mehr wächst, aber diesmal schien der Hof mit dem angrenzenden Garten und dem ehemaligen Waschhaus wieder kleiner geworden zu sein. Das sah ja aus wie die Umgebung eines Puppenhauses!
Und dabei war dieser Hof früher so riesig groß gewesen.
In ihm hatten sie als Kinder eine Menge Platz für alle möglichen Spiele.
Bei dem winzigen Gullideckel in der Mitte spielten sie: „Fischer, Fischer, wie hoch steht das Wasser?" Was für ein weiter Weg es bis zum rettenden Ufer war!
Oder dort hinten auf dem kleinen Rasenfleck war Platz für heiße Wettspiele.
Manchmal gab es auch harte Kämpfe. Wenn z.B. die geraubte Prinzessin befreit werden musste, die an der Teppichstange angebunden war ...
Lene war ziemlich spät von hier weggezogen, so mit fünfundzwanzig.
Aber noch mal so lange wohnt sie jetzt schon woanders.
Es wird gar nicht mehr so lange dauern, bis sie selbst ein paar Größenzentimeter verliert – wahrscheinlich wird dann die Kinderheimat immer noch kleiner.
Sie beugt sich weit aus dem Kammerfenster, um die Tür zu erkennen, die vom Treppenhaus in den Hof führt.
Das Kämmerchen war bis vor ein paar Jahren noch Außenklo, eine halbe Treppe über der Mietswohnung. Hier war es im Winter zwar eisig kalt, aber sonst war der Ort gut zum alleine Nachdenken, auch zum ungestörten Ausheulen ...
Sie kann die Hoftür sehen, aber sie kann sich kaum vorstellen, wie sie sie damals sah. Richtig eingeschüchtert hatte die sie!
Lange hatte sie wachsen müssen, um zur Klinke zu gelangen – und dann musste sie noch paar Jahre kräftiger werden, um sie alleine

öffnen zu können. Richtig erniedrigend war das, wenn sie immer erst auf Erwachsene warten musste, die ihr halfen. Noch schlimmer, wenn es ein größeres Kind tat. Am liebsten war ihr, wenn sie sich unauffällig zwischen andere Kinder gemischt hatte – und mit denen zusammen in den Hof konnte.

Vom Hof zurück ging es besser, weil die Tür nach innen zu öffnen war. Und wenn sie nicht eingeklinkt war, konnte man sich mit dem Rücken ranstellen und mit ganzer Kraft dagegen drücken. Also war es auch wichtig, beim Rausgehen darauf zu achten, dass die Tür nicht ins Schloss viel. Wie oft hatte sie in letzter Minute möglichst unauffällig ihren Fuß dazwischengestellt – dann war der Rückweg schon leichter.

An die Türklinke erinnert sie sich noch ganz genau. Jetzt wird längst eine andere dran sein, von hier aus kann sie das nicht sehen. Bestimmt hat spätestens bei der Rekonstruktion jemand Gefallen an ihr gefunden und sie rechtzeitig abmontiert.

Sie war eine Art liegendes S, der Klinkenknauf rundete sich in Schneckenform. Dort, wo jeder anfasste, glänzte es golden, sonst war die Farbe schmutzig braun-grau.

Und jetzt muss sie natürlich an den bewussten Winter denken:

Sie war im zweiten Schuljahr. An einem Tag war die Schule eher aus als sonst.

Da sie keinen Schlüssel hatte und ihre große Schwester später kam, wollte sie erst mal im Hof nachsehen, ob da irgendjemand zum Spielen war.

Die schwere Tür zum Hof bekam sie seit kurzem alleine auf.

Es war ein kalter, sonniger Tag. Kein Kind war zu sehen.

Sie warf den Ranzen ab und versuchte einen Umschwung an der Teppichklopfstange. Der klappte ganz gut. Schade, dass niemand zusah.

So alleine machte das keinen Spaß. Sie ging zurück zur Tür.

Die blanke Stelle der Klinke funkelte golden.

Mit einem Mal – sie weiß bis heute nicht, was da über sie gekommen war – wollte sie diese Stelle schmecken.

Sie legte den halbgeöffneten Mund daran und ein Stück von der Zunge ... und klebte fest!

Obwohl so viele Jahre vergangen sind, spürt Lene sofort wieder den Schreck, der furchtbar war.

Es dauerte bestimmt höchstens eine Minute, dass sie da so festgeklebt war, aber es kam ihr elend lange vor. Da war genug Zeit für viele schlimme Gedanken, die kreuz und quer im Kopf herumwirbelten: „Das ist ja wie in so einem Märchen! ... Ob das jetzt eine Strafe ist? ... Jetzt muss ich wohl immer so hier kleben bleiben? ...Wenn jetzt jemand kommt und mich so sieht! ... Mutti, hilf mir! ... Jetzt ist alles aus!"

Natürlich versuchte sie, Lippen und Zunge zu befreien, aber es ging einfach nicht.

Es tat ja schon so weh. Sie hatte das Gefühl, als ob ganze Stücke von ihrem Fleisch abgerissen würden, wenn sie noch heftiger zieht.

Dann ging es plötzlich von ganz alleine. Sie war befreit.

Aber der Schreck dauerte noch lange fort.

Was war da gerade passiert? Die Tür kann doch nicht lebendig werden?

Ob vielleicht der Gott da oben gesehen hat, wie sie an der Klinke lecken wollte? Tante Änne hatte ja gesagt, der sieht alles ...

Sie kauerte sich auf ihren Ranzen, legte beide Hände auf den schmerzenden Mund und wollte sich nun so richtig ausweinen.

Sie hörte jemanden im Treppenhaus und dann ging auch schon die Tür auf - ihre Schwester war gekommen.

„Was ist mit dir?" Hat dir jemand was getan? Wenn ja, der kann was erleben ..."

Wie oft schon hatte die große Schwester sie beschützt und ihr aus der Not geholfen, aber diesmal war sie für Lene große Schwester, Mutter und sogar Engel.

Die Schwester fand ein weiches Taschentuch, mit dem sie die Tränen abtrocknete, und sie hatte viele liebe, beruhigende Worte.

Nein, sie lachte ihre kleine Schwester kein bisschen aus, sondern sah sich besorgt deren aufgerissenen Lippen an.

Die Schwester wusste auch, dass das Festkleben keine Zauberei war. Das wäre nur durch die Kälte passiert. „Kaltes Eisen zieht warme Spucke an, und dann klebt man solange fest, bis das Eisen warm genug geworden ist, um wieder loslassen zu können. Das ist wissenschaftlich bewiesen", erklärte sie.

Lene hat sich das gut gemerkt, auch jetzt noch würde sie bei Kälte nie an Eisen lecken.

Aber heute ist es überhaupt nicht kalt, eher frühlingshaft warm.

Sie will endlich weg von diesem ganzen Kinderkram.

Sie schließt das Fenster des Kämmerchens, das schon lange kein Außenklo mehr ist, dann auch die schon immer kleine Tür, die jetzt grün angestrichen ist.

Der Schlüssel ist noch derselbe von damals.

Lene geht die halbe Treppe nach unten in die Wohnung, in der noch immer ihre große Schwester lebt.

Ilsebill

Und wieder sieht sie das erschrockene Gesicht ihrer Mutter vor sich.

Nach Puppe Ilsebill hatte Lene gefragt, ihrer Gefährtin aus Kinderzeiten.

Vor Monaten hatte Mutter sie in der Bodenkammer gefunden – völlig von Motten zerfressen.

„Ich hab' sie schnell weggeschmissen, wollte dir das schon längst sagen, hab's nicht fertig gebracht, weil ich ja weiß, wie du an ihr gehangen hast ..."

Eigentlich hätte Lene nach der Nachricht tieftraurig werden müssen, denn Ilsebill war nicht irgendeine Puppe gewesen, sondern die Puppe an sich.

Ihre Kindheit war ohne Ilsebill nicht denkbar.

„So lange gab es sie also noch", dachte Lene. „Mutter hatte sie für mich aufgehoben."

Sich vorzustellen, dass Mutter die Puppe so zerstört vorfand und bestimmt lange grübelte, wie sie ihrer Tochter beibringen sollte, dass es Ilsebill nicht mehr gibt, tat Lene eigenartigerweise richtig gut.

„Nicht i c h habe sie also bei irgendeinem Umzug vergessen oder versehentlich weggeschmissen, mich trifft keine Schuld" dachte sie.

Es war nun nicht mehr nötig, sich über Ilsebill Gedanken zu machen, und das war auch entlastend.

In den letzten Jahren hatte sie sich paar Mal vorgenommen, über Ilsebills Verbleib nachzuforschen. Aber dann war immer was dazwischengekommen – die Zeit vergeht ja so schnell.

Und so war bis dahin eben alles in der Schwebe geblieben, Ilsebill musste noch irgendwo sein. Und Lene war auch immer mal wieder flau bei dem Gefühl geworden, dass sie sich nicht genug um Ilsebill kümmern würde – und so eine wunderbare Puppe eigentlich nie verdient hatte.

Wenn die Fünfzigjährige jetzt drüber nachdenkt: So ungetrübt harmonisch, wie es immer aussah und wie sie es sich selber immer vorgemacht hatte, war die Beziehung zu ihrer Puppe gar nicht gewesen.

Vor Angriffen und Beleidigungen hatte Lene Ilsebill zwar stets verteidigt und sich sogar geprügelt, wenn sich jemand über ihre Puppe lustig machte.

Die Kinder ahnten ja nicht, dass sie Ilsebill selber manchmal unmöglich fand.

Der dicke Otto beispielsweise wusste genau, dass Lene fuchsteufelswild wurde, wenn er rief: „Zieh mal deine Strümpfe aus, mach' ich Lenes Püppi draus."

Aber dann sah er zu, dass er Land gewann, denn Lene war stärker als er und hatte ihn schon ein paar Mal verdroschen.

Mutter hatte Ilsebill selber gemacht. Sie war ein richtiges Kunstwerk aus Strümpfen, Watte, etwas Leim und viel Stickgarn.

Jedes Jahr, ungefähr vier Wochen vor Weihnachten, verschwand Ilsebill.

Die Zwerge vom Weihnachtsmann mussten sie bis zum Fest wieder neu herausputzen, auch dann noch, als Lene schon lange nicht mehr an den ganzen Weihnachtsmann-Zauber glaubte.

In einem Jahr waren vielleicht nur Mund und Nase nachgestickt, im nächsten hatte sie einen ganz neuen Strumpfkörper bekommen. An jedem Heiligabend sah Ilsebill neu – und meist auch erst mal ziemlich fremd aus.

Lene freute sich natürlich immer lautstark über die verschönte Ilsebill unterm Weihnachtsbaum, nicht ohne Blick zur Mutter, die sich die Freude ihres Kindes doch so verdient hatte. Nächtelang hatte sie für Weihnachten gearbeitet und auch Ilsebill mit viel Liebe und Zeitaufwand ein frisches Gesicht gestickt, den Körper neu überzogen, Kleider für sie genäht ...

Ganz im Geheimen hätte Lene gerne mal eine richtige, gekaufte Puppe unterm Weihnachtsbaum gesehen, so eine große Babypuppe, die ihre Augen schließt, wenn man sie hinlegt, und die Mama sagen kann. Aber die wäre ja viel zu teuer gewesen. Außerdem fanden die Erwachsenen solche Puppen hässlich und unnatürlich.

Lene hätte sich gehütet, da zu widersprechen.

Und Ilsebill war ja sowieso die beste Puppe der Welt, und sie war beinahe lebendig.

Schade, dass ihre Augen immer weit aufgerissen waren. Das störte Lene besonders, wenn sie Ilsebill mit ins Bett nahm. Direkt beobachtet fühlte sie sich manchmal von ihr. Sie schob sie unter die Bettdecke, musste aber darauf achten, dass Ilsebill noch Luft bekam. Oder sie legte ihr ein Tuch über die Augen.

Wenn Lene sie auf den Bauch drehte, um nicht mehr in ihre offenen Augen sehen zu müssen, hatte sie allerdings plötzlich das Gefühl, Ilsebill hätte nun doch ihre Augen geschlossen. Um rauszufinden, ob das so war, unternahm sie als kleines Mädchen die unmöglichsten Verrenkungen, presste die Matratze mit Kopf und Händen so weit wie möglich nach unten und versuchte, der Puppe ins Gesicht zu sehen.

Nie konnte sie dieser Frage richtig auf den Grund gehen.

Manchmal wurde sie wütend auf ihre Puppe.

Sie warf sie aus dem Bett, schmiss sie in die Ecke, sperrte sie auch hin und wieder ganz unten in die Spielzeugkiste, um wenig später die größten Schuldgefühle zu haben.

Und dann quälte sie sich mit den Gedanken, so eine besondere Puppe nicht verdient zu haben.

„Wenn das einer wüsste, was ich mit ihr gemacht habe...!" Gott sei Dank ahnte es keiner.

Es blieb Lenes Geheimnis und wenn wieder mal jemand ihre Puppe mit blöden Sprüchen beleidigte, legte sich Lene umso mehr für Ilsebill ins Zeug.

Ihre Schwester beispielsweise wusste genau, wie sie Lene bis auf's Blut reizen konnte. „Ilsebillse, niemand wille", sagt sie leise, doch unüberhörbar. Sobald sie Lenes argwöhnische Aufmerksamkeit spürt, sprach sie munter, aufgeregt weiter: „Kam der Koch, nahm se doch ..." Und erst, wenn sich Lene beruhigt wegwendete, setzte sie nach langer Pause genüsslich drauf: „Steckt sie gleich ins Ofenloch.!"

Und dann ging es entweder über Tisch und Bänke, Lene wutschschnaubend hinter der flinken Schwester her, oder – wenn erwachsene Beobachter in der Nähe waren – zischte sie der Schwester zu: „Du bist so gemein! Mit dir rede ich nie mehr!"

Schwester: „Wie bin ich?" Lene: „Gemein und blöde!" Schwester: „Ich denke, du willst nie mehr mit mir reden?"

Lene wusste es längst und tat es doch immer wieder: Sich mit der Älteren, Klügeren in Wortgefechte einzulassen, hatte keinen Zweck, die war ihr da himmelweit überlegen. Eher half da wieder ihre körperliche Kraft, mit der sie auch die Schwester einschüchtern konnte.

Wenn so was passiert war, fühlte sich Lene mit ihrer Ilsebill so richtig eins – und tatsächlich spürt sie auch heute noch, nach so vielen Jahren, den biegsamen weichen strumpfigen Körper an Gesicht und Hals, wenn sie daran denkt, wie sie mit Ilsebill dasaß.

Und wenn Lene weinen musste, ging das am besten mit Ilsebill im Arm. Das verheulte Gesicht in den weichen, warmen Puppenkörper zu kuscheln, tat so gut. An der Größe der dunkelbraunen nassen Flecken im hellbraunen Puppenkörper konnte man das Ausmaß des aktuellen Leidens ermessen.

Lene sehnt sich plötzlich richtig nach ihr und möchte sogar um ihren Verlust weinen.

Mit ihrer Mutter schimpft sie im Stillen: Hätte sie Ilsebill richtig eingepackt, wären niemals Motten drangekommen ...

Aber dann ist es ihr doch zu dumm, dass sie, die selber schon Großmutter ist, ihrer Mutter grollen will deswegen.

Langsam kommt Lene wieder in ihrem erwachsenen Leben an.

Ach, Ilsebill.

Der Mai ist gekommen!

Stimmengewirr vermischt sich mit Vogelgezwitscher. Frühlingsfarben strahlen aus dem Gesims. Überall sehe ich fröhliche Gesichter. Es riecht nach Frühling mitten in Berlin.

Heute ist so ein Tag, wie es ihn vielleicht wirklich nur im Mai gibt.

Mit den Gedanken bin ich plötzlich in meiner Kinderheimat, gut fünfzig Jahre zurück: Da ist der Hof hinter unserm alten vierstöckigen Mietshaus, mit dem kleinen Rasenfleck in der Mitte, den wir nicht betreten sollen wegen der Wäsche, die hier gebleicht wird. Davor die knarrende hölzerne Teppichklopfstange, an der man sich beim Umschwung Schiefer einzieht. Immer wieder turnen wir Kinder dran, obwohl das nicht erlaubt ist.

Der „Bergweg" ist eine kleine Senke zwischen winzigen Gemüsegärten. Bis zur „Plumpe" führt er. Und dort haben wir Kinder eine ruhige, schöne Ecke. Hier sind wir vor Erwachsenen ziemlich sicher und können uns auch eine Weile taub stellen, wenn vom Balkon gerufen wird.

Die Aschengrube mitten im Hof nimmt leider viel Platz weg, und vor ihr haben wir Respekt. Oft genug haben wir von weitem zugeschaut, wenn sie geleert wird. Die schwere Eisentüre mitten im ungefähr vier Quadratmeter großen Blechbeschlag wird von zwei Männern geöffnet, riesige Ascheberge werden rausgeschaufelt, bis nur noch das schrecklich tiefe Loch zu erahnen ist, von dem die schlimmen Geschichten erzählt werden über Kinder, die da hineinfielen und nie mehr gefunden wurden.

In der linken Hofecke gibt es eine Treppe zum Kellergang. Dort kommt die Sonne nicht hin. Die Treppenstufen sind glitschig, bemoost. Zwischen den Eisenpfosten des Treppengeländers befestigen die Kinder manchmal einen Bindfadenstrick. Darauf kann man ein Kissen legen und schaukeln. Wenn der Strick aber reißt, fällt man ziemlich tief und tut sich sehr weh.

Ausgangspunkt für die meisten Spiele ist die rechte Ecke des Hofes. Hier ist das kleine Waschhaus, davor die Treppe mit vier Stufen, auf denen man in wärmeren Zeiten auch sitzen und Stammbuchbilder tauschen kann, denn dorthin scheint die Sonne am längsten, fast bis zum Mittag.

Das Waschhaus ist meist abgeschlossen, weil mit Wasserschlauch und Waschhauskessel sonst immer so viel Unsinn angestellt wird.

Die größeren Kinder kommen rauf auf's Dach – zuerst auf's Eisengeländer, dann ein Fuß auf die Steinmauer, der Abgrenzung zum nächsten Hof – am Regenrohr festgehalten und mit Schwung hoch auf die rissige Dachpappe! Mut ist dazu schon nötig, aber wenn man es geschafft hat und von oben auf die unten Gebliebenen gucken kann ... Das ist schon was.

Die Waschhauswände sind für viele Spiele zu gebrauchen. Ich spüre direkt noch, wie es sich anfühlt, wenn ich die Stirn an die rissige, abgeblätterte Wand lehne, die Augen schließe, bis zehn zähle und dann rufe: Eins, zwei, drei, vier Eckstein, alles muss versteckt sein, wer hinter mir, wer vor mir, der muss es sein ... Ich komme!

Waren eigentlich wirklich Dellen an der Wand vom „Freischlagen" oder „Ballschule" spielen, oder geht jetzt die Phantasie mit mir durch?

Auf jeden Fall hatten wir den größten und schönsten Hof in der Umgebung – und auf den waren wir stolz. Auch aus den Nachbarhöfen kamen Kinder zum Spielen zu uns.

Wir hatten auch ein paar Erwachsene, die nicht immer gleich schimpften, wenn wir mal laut waren oder die Mittagsruhe (von 1-3 nachmittags) nicht einhielten. Herr Eisenknecht ließ uns sogar manchmal auf der Wiese turnen, wenn keine Wäsche auf der Bleiche lag.

Andererseits hatten wir aber auch Fräulein Fröner. Um die beneidete uns niemand. An sie hatte ich auch denken müssen, heute, im Mai in Berlin – aber vor allem an Heinzel, den großen Jungen, der im Haus über uns wohnte.

Da stehe ich also im Mai mit Heinzel an der Waschhaustreppe. Er ist schon acht Jahre alt, ich bin noch nicht mal fünf.

Heinzel hat eine große Tüte Kuchenrinden gekauft, die es beim Bäcker für 10 Pfennige gibt, und er lässt mich eine rausnehmen.

Kauend sagt er: „Der Mai ist der beste Monat. Da können sich die Menschen nicht streiten, und alle sind immer freundlich, auch die Erwachsenen, Das muss an der besonderen Luftströmung liegen, die es im Mai gibt. Das ist bewiesen."

So ist das also. Heinzel muss es ja wissen. Er ist groß und stark, und er kann viel, eigentlich alles.

Manchmal beschützt er mich. Wenn wir im Hof spielen, ist er aber lieber mit den größeren Kindern zusammen.

Ich muss froh sein, wenn ich dabei sein darf. Bei den Spielen bin ich dann meistens das Kind. Außer beim Puppentheater, da darf ich den guten Mond machen und dazu singen. Das kann niemand so wie ich, weil das mit meinem blonden Bubikopf so gut geht.

Ich möchte Heinzel immer gerne zeigen, dass ich schon viel mehr kann, als er denkt, und ich strenge mich an, um ihm zu imponieren. Aber er merkt später als die anderen Kinder, dass ich auf fast alle Bäume komme. Und pfeifen kann ich auch schon, viele Große noch nicht!

Am liebsten würde ich mal beim „Räuber und Prinzessin-Spiel" die geraubte Prinzessin sein und von Heinzel, der immer der gute Räuber ist, gerettet werden. Das weiß aber niemand. Die Großen würden mich ja sowieso nur auslachen.

Wenn ich mit Heinzel alleine beim Waschhaus stehe und was von seinen Kuchenrinden abbekomme, ist das schon was Besonderes.

... D e r   M a i   i s t   a l s o   d e r   b e s t e   M o n a t ...

Ich gehe die vier Treppenstufen nach oben, halte mich am rostroten Geländer fest und springe dann mit einem Satz nach unten.

Heinzel hat zugesehen und ich hoffe, dass er mein Springen gut findet ... Noch mal steige ich hoch und setze zum nächsten Sprung an, aber er kommt mir zwei Stufen entgegen, hält mich an den Armen fest und sagt: „Warte mal, ich muss dir das mit der Frönern erzählen."

Das alte Fräulein Fröner – sie mochte damals so alt gewesen sein wie ich jetzt bin – wohnte im Erdgeschoss, eine Etage unter uns. Wir konnten sie nicht leiden, weil sie immer alles den Eltern petzte. Außerdem klopfte sie auch mit einem Besenstiel sofort an ihre Zimmerdecke, wenn wir in der Wohnung auch nur ein bisschen Krach machten.

Deswegen konnte meine Mutter sie bestimmt auch nicht leiden.

Abends, wenn Mutter Schreibmaschine schrieb, klopfte Fräulein Fröner dauernd. Dabei hatte Mutter schon alles versucht, damit ihre Maschine leiser wurde – Filzdecken druntergelegt und um sie rum mit Sofakissen einen Schallschutz gebaut

Einmal hatte sie nach so einem Klopfen die Wut gepackt. Ich sehe sie noch vom Stuhl springen, sich auf den Boden werfen, mit beiden Fäusten gegen den Fußboden schlagen. Irgendwas hat sie auch geschrieen. Jedenfalls ließ sich meine kleine, sonst so friedfertige Mama von der bösen Alten nicht alles gefallen.

Heinzel erzählt: „Die Frönern kommt mir doch heute entgegen, guckt mich wie immer s o an. Heinzels Gesicht war gut getroffen: verkniffen, gefältelt, grimmig ... Und plötzlich, als wenn da eine Zauberei passiert, zuckt es in ihr drin, der Mund verzieht sich, die Augen fangen zu glitzern an, und sie sagt grinsend: „Guten Morgen, mein Junge." Heinzel zeigt nun auch, wie sich ihr Gesicht verändert – aus dem strengen Maskengesicht war ein lachendes geworden.

„Die Frönern hat doch sonst nie zuerst Guten Tag gesagt. Dauernd hat sie sich bei meinem Vater beschwert, weil ich sie angeblich nicht anständig grüße."

Und er macht ihre keifende Stimme nach: „Können Sie Ihrem Jungen denn nicht mal beibringen, dass er Erwachsene zu grüßen hat ... Diese verlausten Flüchtlingskinder haben keine Erziehung!"

Heinzel kommt zu mir hoch, nimmt mich an der Hand – wir springen zusammen die Stufen runter.

Er legt seinen Arm um mich und sagt leise, aber eindringlich: „Und wenn die plötzlich so ist, dann muss das durch den Mai gekommen sein. Die Meyner hat also recht – und ich dachte schon, sie spinnt."

Fräulein Meyner ist Heinzels Lehrerin. Sie mag er, obwohl die auch schon so alt wie Fräulein Fröner ist.

„Und was hat sie gesagt?"

„Im Mai, wenn alles grünet und blühet, da muss man einfach lachen – ob man will oder nicht ... Und die Frönern wollte ja auch gar nicht freundlich sein, verstehste? Das kam ganz von alleine in sie rein. Die musste einfach – den Mund hat's ihr so richtig auseinander gezogen. Die sah auch nicht echt fröhlich aus, mehr so gezwungen."

Nachdenklich, wie von innen raus, lässt er immer wieder ihr sich veränderndes Gesicht auf dem seinen entstehen.

„Na, Hauptsache, die rächt sich dann nicht, später, wenn kein Mai mehr ist"

„Wie rächen?"

„Die wird schon was finden. Das petzt sie meinem Vater ..., und dann ..."

Heinzels Handbewegungen zeigen Schläge an.

Jetzt nimmt er alle Stufen mit einem Riesen-Schritt nach oben – und springt rückwärts, ohne sich umzusehen oder festzuhalten, wieder runter.

Wie er das bloß macht!

Dass diese kleine alte Frau Fröner meinem großen Freund Angst macht, kann ich mir nun überhaupt nicht vorstellen.

Obwohl – einmal hatte ich aus der Wohnung über uns lautes Weinen gehört. War das der Heinzel?

Ohne Geld war er in den Laden gegangen und hatte um Kuchenreste gebettelt. Der Bäcker gab ihm eine ganze Tüte voll.

Fräulein Fröner muss auch im Laden gewesen sein, denn sie petzte alles Heinzels Vater. Der schlug ihn dafür ...

Aber im Mai war das nicht ...

Heiße Himbeeren

Vorübergehende werden die beiden kaum wahrnehmen und wenn doch, nichts Außergewöhnliches an ihnen finden:

An einem sonnigen Nachmittag im Frühherbst sitzen zwei Frauen um die Fünfzig im Vorgarten eines Kaffeehauses.

Dass sie heiße Himbeeren auf Vanilleeis bestellt haben und gerade dabei sind, dieses Dessert mit Genuss in sich hineinzulöffeln, ist heutzutage auch kaum der Rede wert. Aber für die beiden ist es schon was Besonderes.

Lene hat Marie lange nicht gesehen und sich auf das Treffen gefreut. Früher, als sie noch Arbeitskolleginnen waren, sahen sie sich viel öfter.

Das heutige Treffen hat Lene organisiert, und sie hat sich fest vorgenommen, diesmal ihre Erzähllust im Zaum zu halten. Marie hat bestimmt viel zu berichten ... über die neue Arbeit – und was in der Familie so los ist. Heute will Lene ihr mal zuhören. Früher war es oft umgekehrt gewesen. Vor allem damals, als es Lene so dreckig ging, hörte Marie zu – und sie konnte es wie keine andere.

Lene schaut Marie an und kann deutlich sehen, dass es ihrer Freundin schmeckt. „Keine andere Person kann Essen so sichtbar genießen", denkt sie. Das hat sie vor langer Zeit zum ersten Mal mit Vergnügen beobachtet und sich gut gemerkt. Irgendwann hatte sie sogar mal versucht, es ihr nachzumachen – das Essen lange zu schmecken im Mund – aber bei ihr klappte das nicht.

Dass an diesem Nachmittag sogar die Sonne in die Ecke dieser gepflegten Gastlichkeit strahlt, und der Blick über die grüne Hecke in erste Buntfärbungen von üppigem Grün draußen schweifen kann, macht sie direkt glücklich.

„Was denkst'n gerade?" fragt Marie.

„Dass die Himbeeren s o wirklich gut schmecken", lobt Lene. „Wenn uns zu DDR-Zeiten jemand gesagt hätte, dass wir zwei mal in so einer vornehmen Kneipe sitzen werden und heiße Himbeeren auf Vanilleeis löffeln – den hätten wir für verrückt erklärt", sagt sie noch.

Marie genießt weiter in ihrer unnachahmlichen Art, schweigend.

Und Lene kommen plötzlich Erinnerungen an Himbeeren aus lange vergangener Zeit.

Eine Weile versucht sie noch, die Geschichte für sich zu behalten – dann aber erzählt sie – und Marie hört ihr wieder mal zu:

„Ich war als Kind in den Sommerferien doch paar Jahre mit meiner Mutter und Schwester in dem Schloss ‚für Kulturschaffende' im Erzgebirge. Eine schöne Gegend war das, und der Aufenthalt dort kostete so wenig, dass meine Mutter sich das mit uns leisten konnte. Wir erlebten da viel – auch ohne Mutter, denn die schrieb ja auch in dieser Zeit an ihren Manuskripten.

Wald gab es – und einen Badesee. Um das Schloss rum waren viele Ecken und Plätze, in denen wir mit anderen Gastkindern spielten. Im Wald gab es auch in all den Jahren immer irgendwas zu sammeln – Heidelbeeren, Himbeeren, Brombeeren, Pilze …

In dem einen Jahr – ich war knapp 10 Jahre alt, meine Schwester 13 – waren besonders viele Himbeeren gewachsen. Am Anfang der Ferien bekamen wir nicht genug davon. Wir sammelten sogar welche in eine Milchkanne und brachten sie Mutter. Zum Abendbrot gab es dann Himbeeren mit Milch und Zucker.

In demselben Jahr war auch Fritzl da. Er war der Neffe vom Pfarrer und kam aus dem Westen. Er war schon vierzehn.

Dass er aus dem Westen war, machte ihn sicher schon zu etwas Besonderem.

Aber das war es gar nicht mal, was mir so an ihm gefiel. Er hatte schon eine tiefe Stimme, war ziemlich groß und breitschultrig – Ja, und schöne dunkle Haare hatte er.

Ich war von den fünf, sechs Kindern, mit denen wir in dem Jahr spielten, die Jüngste.

Manchmal merkte ich, dass die mich nicht so richtig für voll nahmen und öfter lieber ohne mich spielten.

Bei Fritzl aber war das anders. Er fragte mich auch nach meiner Meinung. Er achtete darauf, dass ich mit den Größeren mithalten konnte und nahm mich sogar mal Huckepack, als wir einen Bach überquerten.

Dass ich schöne Augen hätte, sagte er mir und schaute mich lange an – und niemand könnte so schön singen wie ich.

Eines Tages sagten die Kinder, Fritzl wäre jetzt Lottes Freund. Das machte mich stolz, denn Lotte war ja schließlich meine große Schwester.

Ich erinnere mich noch genau, dass wir einmal zu dritt im Wald spazierten. Fritzl hatte den Arm um Lottes Taille gelegt, an der anderen Seite hatte er mich an der Hand. Mir war einfach wunderbar zumute. Seine große, warme Hand drückte immer mal die meine, das Herz klopfte. Wir waren zu dritt so stark, stolz und schön!

An die anderen Kinder kann ich mich nicht mehr richtig erinnern.

In dem Jahr waren wir also wieder mal an einem großen Feld mit Himbeerbüschen vorbeigekommen. Dort ließen wir uns nieder und pflückten, aßen, pflückten ...

Lotte sagte, sie bekomme nun nichts mehr runter, der Saft käme ihr schon aus der Nase raus. Lachend ließ sie sich ins Gras fallen. Fritzl warf sich daneben, direkt unter einen Busch, der voll mit roten Früchten hing.

Er fing damit an, Schlaraffenland zu spielen. Dazu machte er die Augen zu, sperrte den Mund weit auf und wartete darauf, dass die Beeren von alleine in seinen Mund fielen. Natürlich halfen Lotte und ich etwas nach. Wir wackelten wie wild an den Büschen, und Lotte warf Fritzl gepflückte Beeren in den Mund. Er schnappte nach ihrer Hand – und behielt sie im Mund.

‚Die Beeren schmecken so gut', stöhnte er und leckte ihre Finger ab. Ich fand das zwar ziemlich komisch, aber wie gebannt schaute ich auf seinen Mund mit den vollen Lippen – mein Herz klopfte.

Lotte hielt schon wieder eine Handvoll Beeren in der hohlen Hand und quiekte plötzlich los: ‚Guckt mal, die riesengroße Made! Wenn du die jetzt geschluckt hättest, Fritzl!'

Der nahm die Beere mit der schneeweißen Made aus ihrer Hand, schaute sich um und sagte: ‚Wer sich traut, die Beere mitsamt der Made zu essen, bekommt einen Kuss von mir!'"

„Sag bloß, du hast das gemacht?" unterbricht Marie zum ersten Mal Lenes Erzählung.

„Ja, ich tat es und weiß bis heute nicht, was mich so schnell dazu gebracht hat. Ich sah die Beere auf der großen Hand, das erschrockene Gesicht meiner Schwester, die umstehenden, aufmerksam zuschauenden größeren Kinder ... Vielleicht wollte ich mal zeigen, was in mir steckt ...

Äußerlich ganz ruhig führte ich den roten Klecks mit dem sich ringelnden weißen Etwas in der Mitte zum Mund – und schluckte alles runter. Dann gab es Beifall – und Gelächter.

Ich wartete auf ein glückliches, stolzes Gefühl über die vollbrachte Tat. Das kam aber nicht.

Fritzl sagte: ‚Da werde ich wohl müssen', beugte sich über mich und drückte seinen weichen, feuchten Mund auf meinen."

„Dass du das gemacht hast!" hörte ich Lotte zu mir sagen, und es klang gar nicht bewundernd – eher angewidert.

„Ich schlich ziemlich bedeppert nach Hause. Fritzl war plötzlich nicht mehr der junge Mann, der mich fast genauso liebte wie meine große Schwester. Seine Lippen waren feucht und eklig dick gewesen, als sie mich küssten.

Und er hatte so laut gelacht ..."

Grossmutter

Das Geschenk

Es ist kurz vor Weihnachten 1951.

Die fünfjährige Lene hat sich in der Stube der Großeltern eine Bude gebaut. Dort kann sie ungestört das Weihnachtsgeschenk für Großmutter zu Ende basteln.

Unter dem großen Esstisch sitzt sie. Zwei noch nicht gebügelte Bettlaken hat sie so über den Tisch gelegt, dass sie weit nach unten hängen.

Großmutter hat ihr geholfen, dicke Bücher rauszusuchen. Die hat Lene so auf den Tisch gelegt, dass sie die Laken festhalten.

Jetzt sitzt sie hier unten wie in einer richtigen Wohnung. Die dunkelbraune Fußbank ist ihr Stuhl, der Küchenhocker der Tisch, Sofakissen liegen als Sofa zum Ausruhen hinter ihr.

Gleich ist sie fertig mit dem Ententeich, den sie für Großmutter knetet.

Großmutter steht ganz in Lenes Nähe und bügelt. Auf dem Bügelbrett, im Korb daneben, auf dem Tisch – überall Wäschehaufen.

Der Ententeich ist wirklich schön geworden. Auf die Pappe hat Lene viel Blau als Wasser verteilt, dann mit den Fingern darauf herumgedrückt –, und das sieht wie Wellen aus.

Ringsum hat sie braune Knete gedrückt – das Ufer. Kleine Punkte in allen Farben sollen die Blumen sein. Auf das Ufer hat sie einen Busch mit vielen grünen Punkten geklebt. Gegenüber steht noch ein Baumstumpf. Nun ist auch die braune Knetstange aufgebraucht.

Wie man Enten aus Plastilina knetet, hat die große Schwester ihr gezeigt. Auf dem Wasser sitzt eine Entenfamilie – ein dicker bunter Vater, eine kleinere gelbe Mutter und drei gelbe Entenkinder. Diese sind so klein, dass Großmutter sie ohne Brille bestimmt gar nicht erkennen kann.

Am liebsten würde Lene der Großmutter das Geschenk jetzt schon zeigen, aber das geht ja nicht. Bis zum Weihnachtsabend muss sie schon noch warten.

Schön ist, dass Großmutter so nahe bei ihr ist und doch nicht in Lenes Wohnung reinsehen kann.

Sie legt sich auf die Sofakissen und betrachtet ihr Werk noch mal von dort aus.

„Großmutter?" Die hört sie und antwortet auch gleich.

„Freust du dich auf Weihnachten? Ich hab' ein schönes Geschenk für dich."

Wenn das so ist, dann freut sich Großmutter diesmal besonders auf's Fest.

Eine Schachtel braucht das Kind – und sie kommt unter ihrem Tisch vor, um einen Schuhkarton zu holen, der in der Abstellkammer stehen soll.

Die Pappe mit dem Ententeich hat gut in den Karton gepasst – nun wird es Lene in ihrer Wohnung zu langweilig.

„Ich will dir helfen, Großmutter."

Sie soll die Wäschestücke mit Wasser einsprühen – dann bügeln sie sich leichter. Dazu braucht sie die Keramikdose, die wie ein großer Salzstreuer aussieht. Die steht schon mit Wasser gefüllt auf dem Bügelbrett. Lene holt sie sich in ihre Wohnung, dann noch einen Stapel Geschirrtücher und beginnt mit der Arbeit.

Sie soll aufpassen, dass die alte Dose nicht aus ihrer Hand fällt und kaputt geht. Großmutter sagt, schon ihre Großmutter hat die Wäsche damit eingesprüht.

Das wusste Lene noch nicht. Sie staunt und stellt fest: „Sachen werden ganz schön alt, manche leben sogar länger als ein Mensch ... Menschen müssen eben sterben ..."

Lene möchte, dass Großmutter auch was dazu sagt. Unter dem Laken vorschauend, die Sprühdose mit beiden Händen festhaltend, fragt sie: „Großmutter, sag doch mal, wie du das findest, dass Menschen sterben müssen."

„Das ist eben so, jeder Mensch muss sterben ..."

„Ist das nicht schrecklich?"

„Nein, wieso denn?"

„Aber wenn man nun immer leben möchte?"

„Wer möchte das denn wirklich ... In deinem Alter kann man sich vielleicht nicht vorstellen, dass es mal zu Ende ist, das Leben, aber wenn man alt ist und lange genug auf der Welt war, wird man müde und will irgendwann ausruhen – für immer ..."

„Und du, kannst du dir das für dich schon vorstellen?"

„Aber ja, ich bin doch schon ziemlich alt."
Plötzlich fällt Lene wieder ein, dass sie das schöne Weihnachtsgeschenk für Großmutter hat.
Sie fragt: „Lebst du zu Weihnachten noch, Großmutter?"
„Ja, zu Weihnachten lebe ich noch."

Wolfgang

Lene ist mit Großmutter im Sommer 1953 in deren alte Heimat gefahren.

Fast fünf Kilometer sind die beiden gelaufen – vom Bahnhof der Kreisstadt bis hierher. Nun haben sie es fast geschafft. Der Schornstein von der Schamottefabrik liegt hinter ihnen. Sie sehen schon das kleine Bauerngehöft, wo man sie erwartet.

Den Feldrain entlang können sie geradewegs drauf zu gehen.

Die Sonne scheint, ein paar weiße Wölkchen sind am blauen Himmel zu sehen, der Wind bringt angenehme Kühle und gute Gerüche mit. Es riecht nach Sommer auf dem Land.

Auch wenn die Füße wehtun – die achtjährige Lene ist ziemlich glücklich. Mit der Großmutter mal wieder hier sein zu können, wo sie beide so gerne sind – und sie eine ganze Weile für sich alleine zu haben ...

Sie haben beide gesungen, bis die Puste wegblieb am Berg vorm letzten Dorf. Wenn das Mädchen kein Lied mehr wusste, hatte Großmutter ein neues angestimmt.

Und heute hat Großmutter nicht wie sonst immer ihre schwarzen Sachen an, sondern sie trägt die neue silbergraue Bluse aus Futterseide mit der Schleife vorn und den tannengrünen Kleiderrock. So sieht sie gleich viel jünger und schöner aus.

Und die Enkelin hat ihre neuen blauen Shorts an, dazu ein buntkariertes Baumwollhemd. Damit gefällt sie sich viel besser als mit Rock oder Kleid.

Der lange weißblonde Pony ihrer Bubikopffrisur hängt beinah bis über die braunen Augen und kann immer mal mit Schwung nach hinten geschüttelt werden.

Da kommt ihnen eine Frau entgegen. Sie trägt eine Kiepe auf dem Rücken. Sie scheint Großmutter zu erkennen, denn sie beschleunigt ihre Schritte und ruft schon von weitem: „Das ist aber schön, Frau Lehrer, Sie sind wieder mal hier!"

Auch Großmutter scheint sich über das Wiedersehen zu freuen.

Die Frau bleibt, nachdem sie Lene angesehen hat, unvermittelt stehen und setzt ihren Korb ab. Beim Aufrichten schaut sie weiter unverwandt mit großen Augen das Kind an. Sie hebt den rechten Arm und zeigt auf das Mädchen, das erschrocken zurückfährt, denn die Frau ruft laut: „Das ist ja der Wolfgang, der liebe, schöne! Ist er also wieder da, wie gut, Herrgott!"

Die Frau ist weg.

Großmutter und Lene gehen das letzte Wegstück alleine weiter. Sie sind beide still. Großmutter ist ganz in sich zusammengesunken und nichts mehr ist da von der lebenssprühenden Frau, mit der Lene gerade noch zusammen war.

Zu der Bauersfrau hatte Großmutter noch ganz ruhig und freundlich gesagt, dies sei ihre jüngste Enkelin Lene und nicht ihr Sohn Wolfgang. Der wäre ja jetzt schon über dreißig, wenn er noch leben würde ...

Dass es ihrem im Weltkrieg gefallenen Onkel Wolfgang ähnlich sehen soll, hatte das Mädchen schon früher manchmal gehört, aber seit heute weiß sie es: „Ich muss auch ein bisschen so sein wie er – wenn ich sogar für ihn gehalten werde!"

Sie möchte sich so gerne freuen über das gerade Erlebte, will stolz sein, dass sie wie ihr Onkel Wolfgang aussieht, der so gut, klug und schön gewesen sein soll.

Das kurze Aufblinken einer wundersamen Vorstellung, sie könne der geliebten Großmutter den verlorenen Sohn ersetzen, wird schnell weggedrückt. Sie sieht Großmutters zusammengesunkene Gestalt, ihr verbissenes Gesicht – und wird wütend.

Bevor ihre Wut sich gegen Großmutter richten muss, die sich nicht mit Lene über das Erlebnis freuen will und deren Fröhlichkeit mit einem Mal verschwunden ist, schimpft sie in Gedanken auf die Frau, die Großmutters Laune so verdorben hat – und ihre auch, weil sie sich jetzt richtig schlecht fühlt – und irgendwie schuld an allem.

Sturz

Lene kann jetzt Fahrrad fahren. Das macht Spaß, so schnell vom Fleck zu kommen!

Den Feldweg von Tantes und Onkels Bauernhof bis zur Fabrik fährt sie schon ganz alleine entlang. Aber bei der Asphaltstraße soll sie zurück. Schade, denn dort könnte sie noch viel schneller vorwärts kommen. Das Rad ist noch zu groß für sie, der Sattel zu hoch. Aber so im Stehen fahren geht gut.

Sie ist den Weg an die zehnmal hin- und hergefahren, jetzt will sie doch ein paar Meter auf der großen Straße radeln.

Das geht viel besser als gedacht – und kaum ein Auto kommt an ihr vorbei. Außerdem bleibt sie ja am Straßenrand, was soll schon passieren!

Der Wind kommt von hinten und schiebt sie. Was für ein Gefühl! Nichts, was sie aufhalten kann – die Brust wird weit vor Glück.

Jetzt geht es leicht bergab, das Mädel hebt sich auf den Sattel und lässt die Pedalen frei drehen.

„Aber was, wenn ich anhalten müsste? Kann ich ja gar nicht! Oh, die Fahrt wird schneller! ... Ich bin ja auf dem großen Berg, der bis nach Etzdorf geht. Was mache ich bloß! ... Ich erreiche den Rücktritt nicht ... Die Handbremse geht nicht ... Abspringen, abspringen, das ist das einzig Mögliche! Aber bei der Geschwindigkeit?"

Die Fahrt wird schneller und schneller.

Lene auf dem Rad. Gerade erfuhr sie den ersten Glücksrausch ihres Lebens –, jetzt erlebt sie Todesangst – auch zum ersten Mal.

Irgendwann ist sie gesprungen. Sie weiß nicht, wie lange sie da schon liegt. Kurz muss sie gedacht haben, sie ist tot. Dann aber sieht sie Himmel, Baumspitzen und fremde Gesichter, die sich über sie beugen. Und hört plötzlich jemanden schreien: „Das Kind! Meine Kleine! Wo ist sie!"

Großmutter kommt gelaufen. Sie schreit vor Angst.

Wie sie sich jetzt über sie beugt, das Gesicht schreckverzerrt, halb aufgelöstes Haar und zitternde Hände, die am Körper der Kleinen entlang fühlen.

„Sie hat solche Angst um mich", denkt das Mädchen, „solche Angst, dass ich tot bin. Sie hat mich so lieb!"

Lene möchte noch eine Weile hier liegen bleiben – im Mittelpunkt der ganzen Welt.

Alles ist jetzt gut, nur das Bein tut ein bisschen weh.

Großmutter sieht ihre Enkelin ganz wach und munter um sich blicken.

„Nun seht euch dieses Mensch an! Da sorgt man sich fast zu Tode ..." Eine Hand, die nicht mehr zittert, hebt sich vom Körper des Mädchens, streckt sich, wird hart und schlägt kurz und kräftig auf die ihr zugewandte Mädchenwange.

Alles aus! Ein zweiter Absturz! Viel schlimmer noch dieser als der vom Fahrrad! Großmutter entsetzlich böse! Noch nie hat sie die alte Frau so erlebt!

„Aber das darf sie doch nicht machen!?"

Nicht sehr viel später liegt Lene wohlversorgt im weichen, warmen Bett. Ein paar Tage wird sie noch dort bleiben müssen wegen der Prellung am Bein.

Großmutter wird oft zu ihr kommen, sie pflegen und ihr Geschichten erzählen.

Alles wird sein wie immer, wenn sie krank ist. Und doch ...

Diesmal ist da was anders – neu, und das will sie möglichst schnell vergessen.

Kater Munzel

Munzel ist unser Kater. Sein Fell ist ganz schwarz und so weich! Wenn ich meine Hand drauflege, sinkt sie ein. Man sieht sie dann gar nicht mehr, so lang sind die weichen Fellhaare.

Ich streichle Munzel gerne, aber der lässt sich das von mir nicht oft gefallen. Meistens läuft er schnell weg – unters Sofa – und sieht mit den grünen Augen drunter vor. Er will lieber seine Ruhe haben.

Wenn ich ihn mit einem Besenstiel unter dem Sofa vor hole, faucht er und ist wütend. Danach lässt er sich erst recht nicht streicheln, aber spielen kann ich dann mit ihm. Großmutter gibt mir dazu einen Wollfaden, den ich vor ihm hin und her bewege. Wie er springt und mit der Pfote nach dem Faden schlägt! Das sieht zum Totlachen aus.

Wenn ich ihn rufe, bewegt er die Ohren, kommt aber nicht.

Wir haben Munzel schon ziemlich lange – über ein Jahr. Kurz vor meinem Geburtstag, als ich sechs wurde, brachte ihn meine große Cousine mit nach Hause.

Wenn Großmutter ihn ruft, kommt er sofort angeflitzt. Ich glaube, sie braucht seinen Namen nur ganz leise zu sagen, schon ist er da.

Von ihr lässt er sich überhaupt alles gefallen, und streicheln darf sie ihn immer. Dabei will sie das nur ganz selten. Aber Großmutter ist eben Munzels Liebling.

Vielleicht auch deswegen, weil sie immer schwarze Kleider an hat, die gut zu Munzels Fell passen?

Aber mir gefällt es gar nicht, dass Großmutter nie was Buntes anzieht. Andere Großmütter laufen doch auch nicht nur in schwarzen Sachen rum!

Ich denke jedenfalls manchmal, Großmutter hat das gar nicht verdient, wie der Kater immer um sie rumschwänzelt.

Sie gibt ihm zwar meistens sein Fressen und macht auch das Klo sauber, aber oft schubst sie ihn weg oder schimpft, wenn er schmusen will.

Munzel ist ein besonders schöner und kluger Kater –, das sagt sogar Großmutter. Wenn ein Zimmer zu ist und er rein oder raus will, springt er auf die Klinke und macht sich selber die Türe auf.

Er weiß auch genau, wo er besonders gut aussieht. Neulich hat Großmutter eine Vase mit gelben Blumen auf den Tisch gestellt und gesagt: „Pass auf, jetzt dauert es gar nicht lange, bis das eitle Viech kommt und sich drunter legt."

Und wirklich: Nach kurzer Zeit lag er direkt unter der Vase und schaute uns an, als ob er sagen will: „Sehe ich nicht schön aus mit den Blumen?"

Großmutter kann mit ihm auch Verstecken spielen, das geht so: Zuerst macht sie ihre Haare auf, ich helfe dabei. Sie hat so einen Kranz auf dem Kopf, der aus einem langen Zopf besteht. Wenn sie den aufgeflochten hat, sieht man erst, was für lange, schöne braune

Haare sie hat. Viele, viele Haarnadeln braucht sie. Ich muss die dann halten – es sind über dreißig!

Wenn die Haare offen sind, beugt sich Großmutter nach vorn, die Haare kommen mit und sind wie ein Vorhang.

Großmutter ist ja nicht groß, ich gehe ihr schon bis zu den Schultern, trotzdem ist es toll, dass ihre Haare genauso lang sind wie sie selber!

Dann stellt sie sich also an die Wand in der Küche unter das lange Bordbrett und ruft leise: „Kuckuck, Munzel."

Der kommt – z.B. aus der Stube – läuft gleich zu dem Brett und fängt an zu miauen. Großmutter bewegt sich nicht.

Munzel springt auf einen Stuhl, dann in hohem Bogen auf das Brett, genau über Großmutter. Die ruft wieder Kuckuck.

Munzel miaut jetzt nicht, aber er nimmt seine Pfote und streicht von oben über ihre Haare. Großmutter regt sich immer noch nicht.

Da fängt Munzel an, mit der Pfote auf ihren Kopf zu klopfen, aber seine Krallen hat er eingezogen.

Nach einer Weile legt Großmutter den Kopf nach hinten, schüttelt sich die Haare aus dem Gesicht und ruft: „Da bin ich, du alter Schwede!"

Sie lacht dabei und breitet ihre Arme aus. Munzel springt rein und darf kurz dort bleiben.

Natürlich muss ich immer erst betteln, bis Großmutter das mit Munzel spielt.

Sie hat ja auch so viel zu tun.

Mir gefällt es, wenn Großmutter an der Nähmaschine sitzt. Munzel sitzt dann ganz in ihrer Nähe und schnurrt laut.

Großmutter summt so vor sich hin, und ich kann merken, dass sie gute Laune hat. Munzel merkt das auch.

Ich helfe Großmutter, die Kurbel der Nähmaschine anzuschieben – und lege die Fäden zurecht, die eingefädelt werden müssen. Dafür erzählt Großmutter auch etwas von früher, aus ihrer Kinderzeit, davon kann ich nie genug hören.

Bei ihr zu Hause muss viel los gewesen sein. Da waren elf Kinder. Geld hatten sie wenig.

Großmutter sagt, sie musste sich mit zwei Schwestern ein Bett teilen – und sie lag in der Mitte. Deshalb konnte sie nicht richtig wachsen und ist so klein geblieben.

Und Lieder und Sprüche kennt Großmutter immer wieder neue.

Manchmal ist meine Großmutter aber plötzlich ganz anders als sonst.

Meistens ist sie doch fröhlich, lieb und hat auch genug Geduld mit uns Kindern.

Sie weiß fast alles, und ich kann viel von ihr lernen.

Und wie sie singen kann! Mutter sagt, sie hat früher sogar in der Kirche vorgesungen, und alle fanden, dass niemand so schön singt wie sie.

Manchmal denke ich, sie kann sogar zaubern.

Ich kann mir auch nicht vorstellen, dass Großmutter vor irgendwas Angst hat. Als mich vorige Woche der Hausmeister im Treppenhaus angeschnauzt hat, kam sie mir gleich zu Hilfe. Der ist doppelt so groß wie sie – und stark!

„Was fällt ihnen ein, so mit dem Kind umzuspringen!" schrie sie ihn an.

Er stotterte irgendwas und ging gleich weg, solchen Respekt hat er vor ihr.

Aber manchmal passiert es, dass Großmutter ganz anders ist als sonst. Sie sitzt dann so komisch auf dem Stuhl in der Stubenecke und ist noch viel kleiner als sonst. Sie bewegt sich auch nicht, ganz stumm und steif sitzt sie da – lange.

Ich weiß jetzt, dass man dann gar nichts machen kann und abwarten muss, bis sie wieder normal ist.

Aber das ist nicht leicht, denn Großmutter kommt mir da wie eine ganz andere Frau vor und macht mir Angst.

Einmal bin ich hingegangen, weil ich dachte, sie ist eingeschlafen, aber sie hatte die Augen offen. Sie hat wie durch mich durch geguckt. Ihr Mund war zusammengebissen, nichts regte sich an ihr.

Ich habe sie gerufen, aber zuerst hat sie nicht gehört.

Da bekam ich Angst und rief noch viel lauter. Sie zuckte zusammen, sah mich ganz ernst an und stand auf.

Ich fing zu heulen an, weil ich dachte, sie sei böse mit mir.

Meine Mutter sagte, das hat nichts mit mir zu tun. Großmutter hat so einen großen Kummer in sich. Wenn der über sie kommt, kann sie nichts anderes machen als so dazusitzen.

Kam der Kummer in sie, weil sie zu Hause arm waren?

Nein, die Geschichten von früher sind doch lustig – und ihre Lieder und Sprüche auch ...

Bestimmt ist es deshalb, weil ihre Kinder schon lange nicht mehr alle auf der Welt sind. Und dabei könnten die doch noch lange leben.

Alle drei Jungen sind schon tot. Meine Mutter und meine Tante aber nicht.

Der erste Sohn der Großeltern war so alt wie ich, als er sehr krank wurde und starb.

Die beiden anderen Jungen sind „im Krieg geblieben", wie die Erwachsenen immer sagen.

Und das ist ja wirklich schlimm.

Mutter sagt, sie hat oft nicht gewusst, wie sie Großmutter und Großvater trösten kann –, und dabei ist sie ja selber traurig, dass ihre Brüder nicht mehr da sind.

„Wenn sie so sitzt, erholt sich die Seele", sagt sie. „Da darf man nicht stören."

Ich gebe mir ja Mühe, kann das aber nicht aushalten, wenn Großmutter so komisch ist! Sie weiß doch, dass ich nicht schuld bin an ihrem Kummer!

Gut ist, wenn dann Munzel in der Nähe ist. Ich brauche ihn gar nicht zu rufen, ich kann zu ihm gehen und ihn auf den Arm hochheben. Er lässt es sich sogar gefallen, dass ich meinen Kopf in ihn einkuschle.

Ganz still hält er dann – als wenn *er* das alles versteht.

Die Märchenfrau – Versuch eines späten Portraits

Solange es sie noch gab, sagte jeder, der sie erlebt hatte: Sie ist nicht zu beschreiben, man muss dabei sein, wenn sie ihre Märchen erzählt.
Jetzt kann man das nicht mehr so sagen. Sie ist tot.
Zum ersten Mal hörte ich von ihr, als ein Bauer mit Kindern unseres kleinen Ferienlagers schimpfte, weil auf seinem reifen Getreidefeld Ähren zertreten waren.
„Wenn das die Märchenfrau wüsste, könnte sie euch gleich erzählen, was mit Leuten passiert, die mutwillig was zerstören."
Als wenig später eins unserer Kinder im Wald in ein Wespennest getreten war, hörte ich das zweite Mal von ihr. Wir waren mit dem verletzten Jungen von einem Treckerfahrer mitgenommen worden. Er sagte, man hätte besser gleich zur Märchenfrau fahren sollen, die hätte bestimmt Rat gewusst und die richtigen Kräuter auf die brennenden Stellen gelegt. Aber da waren wir schon fast im Ferienlager, und unsere Ärztin konnte helfen.
Nicht lange danach kam mir ein kleines Mädchen auf der Dorfstraße entgegen. Vorsichtig trug es einen Blumentopf. „Die Pflanzen sind aus den Körnern gewachsen, die mir die Märchenfrau im Frühling geschenkt hat", erzählt das Mädchen – und nun will es den Topf seiner Großmutter zum Geburtstag schenken.
Ich war neugierig geworden und wollte die Märchenfrau kennen lernen. Wenn sie wirklich Märchen erzählt, das wäre doch was für unsere Kinder!
Jeder Dorfbewohner schien sie zu kennen, ihren Namen wusste niemand, den ich fragte.
Dass sie in Grünow hinter'm Wald an der Straße wohnt , sagten die Leute. Um den Weg abzukürzen, sollte ich am besten die drei Kilometer durch den Wald laufen.
Das tat ich dann auch.
Der Weg führte durch zauberhafte Natur. Keiner Menschenseele begegnete ich. Helle, sonnenbeschienene Wiesenflecken wechselten sich ab mit kurzen, dunklen Wegstücken.

Es dauerte gar nicht so lange, und ich konnte von weitem das höchste Haus des Dorfes sehen. Darauf sollte ich nur immer zugehen, dann könnte ich mich nicht verlaufen. Noch an einer duftenden Kiefernschonung vorbei – und vor dem letzten größeren Waldstück stand auch der beschriebene Hochstand. Nun noch so lange bergauf, bis der Wald zu Ende ist – und da lag das Dorf vor mir.

Neben dem „Hochhaus" standen auf einem Geviert noch mehrere andere DDR-Neubauten, und von dort aus führte die Asphaltstraße hinunter zum älteren Teil des Dorfes, der aus kleinen, grauen Häusern rechts und links neben der Straße bestand. Einen Dorfplatz mit Kirche und Kneipe sah ich nicht, nur weites Ackerland.

Das Haus der Märchenfrau war genauso grau und unscheinbar wie die anderen alle, aber was ich entdeckte, als ich drumherumgegangen war, entschädigte für den ersten Eindruck dieses „typisch sozialistischen" Dorfes: Da war ein kleiner, kunterbunter Garten mit blühenden Hecken und Sträuchern, ein Graspfad führte zur Eingangstür. Auf den Fensterbrettern standen Kräutertöpfe. Es roch nach Thymian, Liebstöckel ...

Ja, hier drin könnten Märchen erzählt werden!

An der Holztüre neben zum Trocknen aufgehängten Kräutern ein kleines Namensschild: Maria Wandelt – bitte laut klopfen.

Als sich die Türe öffnete, trat ich unwillkürlich zurück.

Die Frau füllte mit ihrer imposanten Erscheinung den ganzen Türrahmen aus.

Auf breiten Schultern thronte ein hocherhobener Kopf. Unter dem langen grauen durchgeknöpften Kleid wogte ein großer Busen, die Füße steckten in riesigen schwarzen Schnürschuhen.

Ihr Alter konnte ich schwer schätzen – war sie fünfzig oder siebzig Jahre alt?

Und dann hörte ich ihre Stimme, die zwar zum ersten Eindruck ihrer Erscheinung passte, aber überhaupt nicht zu der Vorstellung, die ich von einer Märchenerzählerin hatte.

„Bitte, was wünschen Sie, meine Dame? ... So trrrreten Sie doch näherrr ..."

Sie rollte das R, die Satzmelodie ging durch sämtliche Tonhöhen.

Die gehört doch auf eine große Bühne ins Theater – und nicht in einen heimeligen Kreis, wo Märchen erzählt werden, dachte ich. Im ersten Impuls hätte ich am liebsten die Flucht ergriffen. Aber dann war ich im Haus. Und hier vergaß ich schnell, was zuerst befremdete.

Die Frau faszinierte mich: Dieses Bühnendeutsch! Ihre Würde und Eleganz, mit welcher sie ihren großen Körper in den kleinen Räumlichkeiten bewegte! Und wie aufmerksam sie meine Person und das Anliegen, das ich herausstotterte, umfing!

Schließlich erzählte sie über Märchen – Volksmärchen. Und was sie alles darüber wusste!.

Nun war ich vollends in ihrem Bann.

Das, was anfangs übertrieben und überdimensional an ihrer Erscheinung wirkte, passte mit einem Mal alles zusammen. Sie hatte sich keine theaterreife Begrüßung einstudiert, sie war einfach so!

Sie fragte nach den Kindern, mit denen ich kommen wollte. Wir überlegten beide, wie fünfundzwanzig Kinder von sieben bis dreizehn Jahren mit drei Betreuern im Zimmer Platz finden können. Auch jetzt noch sprach sie so gehoben wie am Anfang, aber es störte nicht mehr, fiel sogar kaum noch auf.

Etliche Volksmärchen aus aller Welt brachte sie zur Auswahl, nannte deren Ursprünge und geschichtlichen Zusammenhänge und was für Erfahrungen sie mit ihnen beim Erzählen für Kinder und Erwachsene gemacht hatte. Nicht eines der vorgestellten Märchen war mir bekannt – und dabei hatte ich geglaubt, viele zu kennen. Die meisten Märchen habe sie in England gefunden und dann selber übersetzt – aus dem Englischen und Französischen.

Ihr fotografisches Gedächtnis sei ihr bei der Vorbereitung immer wertvolle Hilfe gewesen, denn so könnte sie ohne Mühe die schöne Sprache wortgetreu wiedergeben.

Der Rückweg durch den Wald, hin zum Ferienlager, war irgendwie unwirklich, märchenhaft gar?

Was war passiert? Da hatte ich eine Frau getroffen, die so gar nicht der „Märchenoma" entsprach, wie ich sie mir vorstellte – etwa mit schneeweißen Haaren, gebückter, zierlicher Gestalt, sanfter, einschmeichelnder, beruhigender Stimme, gütigen Augen im runzligen Gesicht – und doch hatte sie mich gefangen genommen.

Im Nachhinein erinnerte ich mich an wenige, aber schöne alte Möbel im Zimmer des kleinen Hauses, vor allem an den Bücherschrank voll mit dicken, alten Goldschnittbänden. Eine in Leder gebundene Bibel von 1840 hatte auf einem kleinen gedrechselten Tischchen gelegen ...

An den weißgekalkten Wänden hingen Kupferstiche – und eine Eckwand war voll mit von Kindern gemalten Bildern. Mit denen beruhigte ich auch meine wieder aufkommenden Zweifel, ob der geplante Märchennachmittag von unseren Kindern gnädig aufgenommen würde (denn ich hatte zur Genüge erlebt, wie unfein unsere „Herzchen" sein konnten, wenn ihnen wer oder was nicht passte!).

Aber wenn sie so viele Kinderbilder geschenkt bekommen hat ...

Um es gleich zu sagen: Es wurde ein schöner Nachmittag – dem in den darauf folgenden Jahren noch viele folgen sollten.

Zwar gab es anfangs unterdrücktes, glucksendes Lachen, als die Märchenfrau erschien, und ihr Sprechen wurde hier und da auch kichernd nachgeahmt, aber ganz schnell waren selbst die größten Rabauken in die Märchenwelt eingetaucht!

Selbstvergessen, mit großen Augen, offenen Mündern, die Hände unterm Kinn oder in den Haaren, saßen oder lagen wir auf den Kissen im großen Viereck dicht an dicht im Zimmer.

Die Märchenfrau hatte ihren alten, mit rotem Samt bezogenen und goldenen Reißnägeln bestückten Stuhl für sich. Meist saß sie auf der rechten Lehne, manchmal – immer aufrecht – ganz im Sessel drin.

Sechs Ferienlagerjahre mochten vergangen sein, in denen das Märchenerzählen in Grünow zu den Höhepunkten gehört hatte, als mir die Idee kam, die Märchenfrau doch mal mit Freunden und deren Kindern zu besuchen. Ein Silvesterfeier-Wochenende im Ferienlagerhaus bot sich dazu an. Für den 1. Januar hatte ich uns alle bei der Märchenfrau angemeldet – 13 Erwachsene und 11 Kinder (im Alter von vier bis dreizehn).

Die Erwachsenen kamen mit – um ihren Kindern den Gefallen zu tun.

Der Spaziergang durch den mit Schnee bepuderten Winterwald tat gut – vor allem den von der Silvesterfeier noch angeschlagenen Erwachsenen. Einige von denen hatten sich vorsorglich ein paar Flaschen Bier im Beutel mitgenommen, um die Zeit wenigstens nicht trocken überstehen zu müssen. Die Märchenfrau nahm übrigens nie Geld für's Erzählen, aber sie liebte „echten" Tee, und den brachten wir ihr als Geschenk immer mit.

Mit Tee empfing sie uns auch diesmal.

Mein Wunsch, auch den Erwachsenen sollte das Erzählen gefallen, wurde weit über alle Erwartungen erfüllt. Es erging ihnen also nicht anders als mir bei der ersten Begegnung.

Von diesem 1. Januar habe ich bis heute schöne Bilder im Kopf:

Kinder hockten aneinander oder an die Eltern gelehnt, schauten zur Märchenfrau und schienen die Märchen mit allen Sinnen aufzunehmen.

Ein Freund saß die ganze Zeit über mit dem Rücken an der Wand, hatte seinen Jüngsten auf dem Schoß – und schaute gebannt an ihm vorbei zur Märchenfrau. Der Beutel mit dem Bier lag vergessen neben ihm.

Eine Freundin, Lektorin eines bekannten Verlages, seufzte nach jedem Märchen, dass man diese Frau doch der Mitwelt bekannt machen müsse. „Wenn sie mal stirbt, da gehen ja Schätze verloren ..."

Sie bat Frau Wandelt dann auch, mit einem Kollegen und einem Aufnahmegerät noch einmal kommen zu dürfen. Die aber lehnte freundlich lächelnd ab: Nur an Menschen könne sie ihre Märchen weitergeben, nicht an Geräte.

Noch auf dem Weg zurück wollten die Gespräche über die Märchen und die beeindruckende Frau, die sie erzählt hatte, nicht aufhören.

1985 fuhr ich zum letzten Mal mit ins Ferienlager. Inzwischen waren manche Kinder nun schon als Betreuer dabei. – Die Besuche bei der Märchenfrau gingen weiter, auch ohne mich.

Einmal überreichte mir ein Betreuer feierlich eine Tonkassette. Frau Wandelt hatte ihm gestattet, einen Märchennachmittag für mich aufzunehmen. Die Kassette ist von schlechter Tonqualität, Traktorengeräusche übertönen die Stimme der Erzählerin. Dann kam sogar ein Gewitter auf – als romantische Bereicherung des Nachmittags – der Kassette war es weniger zuträglich.

Trotzdem hüte ich dieses Tondokument wie einen Schatz.

In der Wendezeit passierten viele Dinge, die mich wie alle anderen DDR-Menschen in Atem hielten.

Es war nicht die Hoch-Zeit des Märchenerzählens. Frau Wandelt verlor ich für eine Zeit aus den Augen.

Aber im zweiten gesamtdeutschen Jahr fand ich ihr Märchenbuch „Liebe kleine Ratte."

Ich war begeistert, gerührt und wollte ihr schreiben.

Fast ein Jahr verging, bis ich wirklich schrieb. Keine Antwort kam. Später hörte ich, dass sie in einem Pflegeheim leben würde.

Und dann sollte ich ihr doch noch einmal begegnen.

Unsere Tochter hatte ihr erstes Engagement als Schauspielerin in der Mecklenburger Kleinstadt nahe bei Grünow und nahe auch dem Dorf, wo das Ferienlager war.

Zu einer Premiere waren mein Mann und ich hingefahren – viel zeitiger als nötig.

Das Auto führte uns wie von selber in die Gegend, in der ich zwölf Sommer für drei Wochen lang diesem kleinen Ferienlager vorstand.

Das Bauernhaus stand noch, auch die angebaute Sportbaracke hinterm Haus war noch da.

Das ganze Gelände war zum Verkauf ausgeschrieben.

Durch die Fensterscheiben der Kinderschlafräume konnten wir die Doppelstockbetten sehen.

Sogar die Gardinen von damals hingen noch dran, traurig und grau.

Das Ferienlager selber war mit der DDR gestorben.

Ein kurzer Gang zum schönen, schmalen See, ein paar Grußworte in halbbekannte Gesichter – und dann verließen wir beinah fluchtartig den Ort.

Nach Grünow fuhren wir die acht Kilometer Straße – für mich das erste Mal.

Sonst führte mein Weg ja immer durch den Wald – zu Fuß oder mit dem Fahrrad.

So mit dem Auto kommend, erkannte ich das Dorf zuerst gar nicht wieder.

Zwei Schulmädchen gaben uns kichernd Auskunft, als wir sie fragten, ob sie sich noch an die Märchenfrau erinnern würden. „Ja, die wohnt wieder hier, aber in dem Haus neben dem von damals."

Das ehemalige Haus war auch schwer zu finden, weil es sich sehr herausgeputzt hatte. Es strahlte in Weiß, der wilde Garten war gezähmt, in den blanken Fensterscheiben spiegelten sich die gepflegten Geranien. – An dieses Haus lehnte sich eine Art Schuppen an. Auf der Tür ihr Schild: Maria Wandelt – bitte stark klopfen.

Beklommen schauten wir uns um. Erst klopften wir zaghaft, dann lauter, bis schließlich tatsächlich die vertraute Stimme zu hören war: „Ja, bitte. Kommen Sie doch herrrein!"

Wir kamen in eine Art Vorraum, ätzender Salmiakgeruch schlug uns entgegen.

Es war dunkel, wir fassten uns unwillkürlich an den Händen, als die Stimme wieder ertönte: „Nun kommen Sie doch herrrein, bitte sehrrrr!"

Ich fand die Klinke zur nächsten Tür – und wir standen im Wohnzimmer, das entfernt an das damalige Erzählzimmer erinnerte. Aber es war kleiner, dunkler und nur mit Tisch, Bett, zwei Stühlen und einem schmucklosen Schrank eingerichtet.

Ja, und ihr Sessel war da, genau gegenüber vom Eingang. In ihm saß sie, kerzengerade, stolz, blass, viel dünner als vor Jahren. Ihre Stimme aber klang noch genauso.

Sie entschuldigte sich, uns nicht entgegenkommen zu können, da ihre Beine sie nicht mehr sicher trügen. Sie hatte mich sofort erkannt. Zu meinem Mann, der doch nur einmal mit bei ihr war, sagte sie: „Sie waren doch Psychiater – und hatten sich der Psychotherapie verschrieben?"

Wir saßen auf den beiden Stühlen – und waren wieder in ihrem Bann.

Diesmal waren es keine Märchen, die sie erzählte, aber was sie berichtete, nahm uns auch gefangen:

Ihr Sohn hatte gemeint, dass sie nicht mehr allein leben könne, weil sie ja alle diese Haushaltsgeräte nicht besitze, die man dazu braucht – wie Kühlschrank, Herd, Waschmaschine ...

Er hatte für sie einen Heimplatz bestellt.

Aber sie hätte ja früher auch kaum gekocht und nie einen Kochherd gehabt.

Die Leute im Dorf kochten für sie mit – und wuschen ihre Wäsche, weil sie dafür viele Dienste erledigte, wie Medikamente aus der

Stadt mitbringen, Kinder betreuen oder Nachhilfe- bzw. Religionsunterricht geben – und Märchen erzählen

Und da man sie zu vielen Anlässen als Märchenerzählerin engagierte, war sie auch immer Gast bei allen Festmahlzeiten.

Und nun, nachdem es die DDR endlich nicht mehr gab, sollte das alles nicht mehr gehen?

Ihr Sohn, der aus dem Westen gekommen war, habe ihr sicher alles als „Verkalkung" angerechnet. „Er hat es bestimmt nicht böse gemeint", räumt sie ein. „Aber woher konnte er so genau wissen, was für mich richtig war?"

Zwei Jahre hat sie es im Heim ausgehalten, dann ist sie von dort getürmt, vor allem, weil sie nicht mehr mit ansehen konnte, wie schlecht das Personal mit geistig behinderten Menschen umging.

Die Menschen in Grünow hätten sie wenigstens wieder aufgenommen. Ihr Haus ist an eine alte Grünower Familie verkauft worden, und die haben sie hier im Nebenhaus untergebracht.

Da der Sohn alle ihre Bücher und Bilder mitgenommen hat, ist es nun etwas ärmlicher um sie herum. „Irrrgendwann wirrrd er mich verrrstehen – derrr Mensch muss frei sein können!"

Nein, sie ist nicht zerstreut oder verwirrt, wie sie da erzählt. Sie weiß genau, was sie sagt.

Jetzt sehe ich auf dem einzigen großen Tisch viele Zettel, Bücher, Briefe, einen Bucheinbandentwurf. Und schon berichtet sie stolz von ihrem zweiten Buch, was in Arbeit sei und bei dem sie schon Korrektur lese.

Dann fragt sie nach meinen beiden Kindern und ist erstaunlich gut informiert über das Theater in der kleinen Stadt. Wir erzählen von der „Sommernachtstraum-Premiere". „Ach, Shakespeare", seufzt sie und beginnt, Textstellen des Stückes aufzusagen.

Über Grünow erzählt sie und dass sich so viel verändert hat. Nicht alles sei jetzt besser als früher.

Aber sie sagt auch jetzt zu den Dingen ihre Meinung, selbst, wenn sie nicht danach gefragt wird.

„Das wäre ja noch schönerrr ...!"

Ob ich mich noch an Förster Lehmann erinnern würde? Aber ja, er hatte doch mit den Kindern die interessanten Waldspaziergänge gemacht. Für den hatte sie vor kurzem im Gemeinderat gesprochen.

Man wollte ihm sein Revier wegnehmen, weil er SED-Genosse war. „So geht das doch nicht, er war immer ein grundanständiger Mensch!"

So, wie sie im Sessel sitzt und spricht, ist sie für mich die Vergänglichkeit und das ewige Leben gleichzeitig. Dieser lebenssprühende Geist in dem gebrechlichen, durchsichtigen, würdevollen Körper strahlt viel Mut und Zuversicht aus. Aber auch stolze Traurigkeit geht von ihr aus, vielleicht über Unverständnis, menschliche Grenzen – und über die Ahnung, dass ihr nicht mehr viel Zeit bleibt?

Wir nehmen den üblen Geruch im Haus nicht mehr wahr und sind froh, dass sie wieder in Grünow ist.

Mich beruhigt der Gedanke, dass es halbwegs sauber um sie herum ist, und das Zimmer wirkt aufgeräumt.

Also bekommt sie von den Dorfbewohnern Hilfe.

Und Märchen erzählt sie wieder oft.

Allerdings holt man sie dazu ab – mit dem Auto.

Wir müssen uns verabschieden, wenn wir nicht zu spät zur Premiere in der kleinen Stadt sein wollen.

Ich will die Gewissheit wegschieben, dass ich sie nicht wieder sehen werde, aber es geht nicht.

Wir sind beide still, nachdenklich und auch traurig.

In den nächsten Tagen sehe ich sie in Gedanken oft in ihrem Sessel. Und wie sie da so sitzt, sieht ihre Gestalt wie ein Skelett aus. Ich erschrecke darüber und sage es meinem Mann.

Der meint: „Und doch ist es besser, dass sie zum Sterben zurückgekommen ist. – Vielleicht kommt das zweite Buch noch raus."

Sie hat es nicht mehr geschafft.

Im Kreis des Berliner Märchenvereins versuche ich, Frau Wandelts „Liebe kleine Ratte" zu erzählen.

Einer sagt, dass er von der Frau gehört hatte und sie besuchen wollte. Aber kurz zuvor sei sie gestorben.